KB270548

아침책상 산문선 07

어반스케치 에세이

호주머니 속의 시처럼

이해균

1954년 경북 상주에서 태어났으며 1978년 수원에 정착했다. 홍익대학교 미술대학원 회화과를 졸업했고 20회의 개인전과 200여 회의 단체전을 했다. 2001년 우연히 떠난 인도 여행 이후로 인도차이나, 중남미, 아프리카, 중앙아시아. 지중해, 중동 등 20여 년 세계 여행을 했다. 특히 스리나가르, 라다크의 레, 훈자. 파미르고원, 바이칼호수, 사마르칸트, 카일라스, 페트라 등 인류 문명의 시원과 오지를 탐험했고, 네팔, 시리아. 과테말라, 쿠바, 티베트, 키르기스스탄. 우간다, 페루 등 원색적인 나라를 여행하며 예술적 영감을 받았다. 세계 여행스케치『수미산 너머 그리운 잔지바르』와 국내 여행기『시가 있는 풍경』,『물 위에 쓴 시 바람결에 그린 풍경』등의 저서를 냈다. 주요 작품은 국립현대미술관 미술은행, 경기도 미술관, 내설악 백공 미술관, 경기도시공사, 등에 소장되었다. 현재 경기미술대전 초대작가, 경기일보 중부일보의 칼럼니스트와 지역사회 문화예술교육 프로그램 강사로 활동하고 있다.

아침책상 산문선 07

어반스케치 에세이 호주머니 속의 시처럼

2025년 10월 28일 1판 1쇄 발행

지 은 이 · 이해균
펴 낸 이 · 최단아
편집교정 · 정우진
펴 낸 곳 · 서정시학【아침책상】
주   소 · 서울시 서초구 서초중앙로 18 504호 (서초쌍용플래티넘)
전   화 · 02-928-7016
팩   스 · 02-922-7017
이 메 일 · lyricpoetics@gmail.com
출판등록 · 209-91-66271

ISBN 979-11-92580-66-1 03810

계좌번호 · 국민은행 070101-04-072847 최단아(서정시학)
값 17,000원

어반스케치 에세이

호주머니 속의 시처럼

‖ Author's note ‖

Just as all drawings have meaning, urban sketch also leaves a motive and a reason for capturing a scene. This book contains my essay with urban sketch published in the Kyeonggi Ilbo for the third year and the stories of some of my students. The ordinary people's life with calm and tense, joy, anger, sorrow and pleasure are narratives that must encountered in life. Everything has its story. The stories include the relationship between the other and me, the intuitive feeling of visual images, the taste and style of the buildings, food, and sceneries we face, the fragmentary thoughts and reflections on time and space, the unconscious attitude responding to memories and time, and the reflection of cataclysmic times. Painting records my experience, and writing is also an alternative means of preserving me. I hope that my language will remain balanced like the fins of a fish and that the load of text and images that express each and every aspect of my life will continue to be even. Above all, I hope that my ability to compromise and reconcile the conflicts between daily life and art is maintained. I'd like to shorten author's note with Kahlil Gibran's maxim.

"Art is a process that starts from nature and progresses to God, and that fog becomes sculpted into shape. I want all paintings to be the beginning of invisible images."

Fall, 2025

Hae-Kyun Lee

　모든 그림에 의미가 있듯이 어반스케치도 한 장면을 포착한 동기와 이유를 남긴다. 3년째 경기일보에 연재한 나의 스케치 이야기와 다양한 수강생들의 화담畵談을 담았다. 잔잔하고도 긴장된 보통 사람의 삶, 희로애락은 인생사의 불가피한 서사다.

　모든 사물엔 이야기가 맺혀있다. 타자와 나와의 관계항, 시각적 이미지가 주는 직관적 느낌, 건물과 음식과 풍경에 깃든 맛과 멋, 여행지의 단상과 문득 회억 되는 시 공간의 성찰, 추억과 시간에 반응하는 무의식적 태도, 격변하는 시대상 등이 포함된다. 그림은 경험을 기록하는 방식이며 글 또한 나를 보존하는 대체 수단이다. 물고기의 지느러미처럼 나의 언어가 균형을 유지하고 삶을 지속하는 바른 도구가 되었으면 한다. 면면을 구성하는 텍스트와 이미지의 하중이 한쪽으로 기울지 않았으면 좋겠다. 어반스케치 스토리텔링에 몰입한 수강생들의 글과 그림도 이곳에 얹혀 기쁘다. 잘 그린 그림보다도 진솔한 자신만의 그림이 좋은 그림임을 나의 어반스케치 교실 수강생들은 터득하고 있다. 칼릴 지브란의 뜻깊은 잠언으로 후담을 줄인다.

　"미술은 자연에서 출발해 신에게 나아가는 과정이며 안개가 형상으로 조각되어 가는 과정이다. 나는 모든 그림이 보이지 않는 이미지의 시작이 되길 원한다."

2025년 가을

이 해원

차례

1부 아스팔트 위에 핀 꽃

2부 아름다운 버드내

3부 오래된 거리, 오래된 내일

4부 첫 마음, 호주머니 속의 시처럼

1부 아스팔트 위에 핀 꽃

삼일문 앞에서

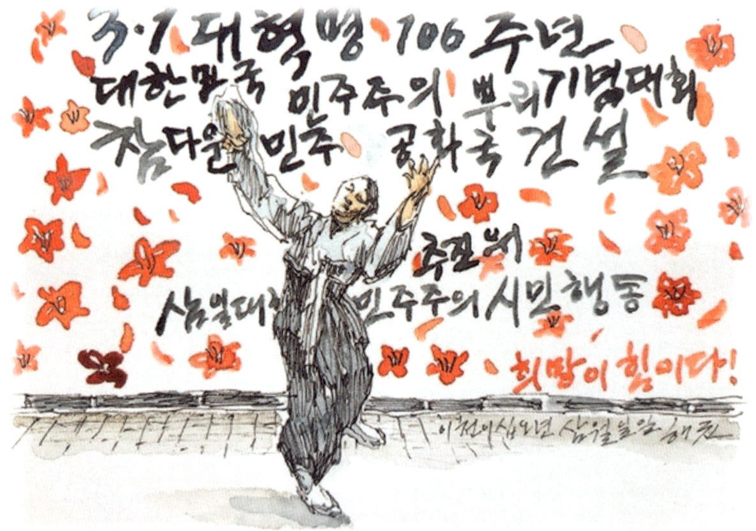

3·1 대혁명 106 주년
대한민국 민주주의 뿌리기념대회
참다운 민주 공화국 건설
주권범
삼일대혁명 민주주의 시민행동
횃땅이 힘이다!
이천이십오년 삼월일일 해찬

내 울타리 안이 가끔 케테 콜비츠의 목탄처럼 어둡다. 새해 들어 벌써 두 달을 낭비한 채 삼월을 맞는다는 게 스스로에게도 예의가 아닌듯하다. 봄은 왔건만 마음은 아직 얼음장 밑 물소리 같다. 궂은비처럼 어수선한 시국에 '죽는 날까지 하늘을 우러러 한 점 부끄러움이 없기를 잎새에 이는 바람에도 나는 괴로워했다.'라는 윤동주의 거룩한 시를 가슴에 되새긴다. 그를 옥사시킨 일본이 8개월 동안 다녔던 릿쿄 대학에 기념비를 세우더니 편입한 도시샤 대학에선 명예박사 학위를 수여했다. 사람은 가도 영혼은 부활하여 그와 그의 시를 가슴으로 영접한 것이다. 탑골공원 삼일문 앞으로 갔다. 풍물이 화려하게 펼쳐지고 만세삼창과 다양한 퍼포먼스가 진행됐다. 무엇보다 서예 퍼포먼스에 광화문 미술행동이 그림을 입히는데, 대장께서 내게 붓을 내밀어 당황했으나 나는 이 땅에 새봄이 오기를 비는 의미를 담아 꽃으로 여백을 채웠다. 장순행님의 즉흥 창작무 '조선의 소녀 몸짓으로 피어오르다'가 아름답게 펼쳐졌다. 이 시대의 봄에 유관순 열사의 꿈이 분분히 재림하는 환영을 본다. 지나가던 행인이 다른 정치적 이념으로 바라보며 땅바닥을 걸어찬다. 미움은 오물이다. 그것은 결국 자신을 더럽히는 부메랑이 된다. 요즘의 분위기가 염려스럽다. 편을 갈라 상대편을 욕하는 미움이야말로 가장 무서운 분열뿐인 것이다. 상대방을 이해하고 존중할 때 비로소 자신을 인정받게 되는 게 아닐까. 우리의 적은 너와 내가 아니다. 더 큰 세계관으로 튼튼히 뭉칠 때이다.

아스팔트 위에 핀 꽃

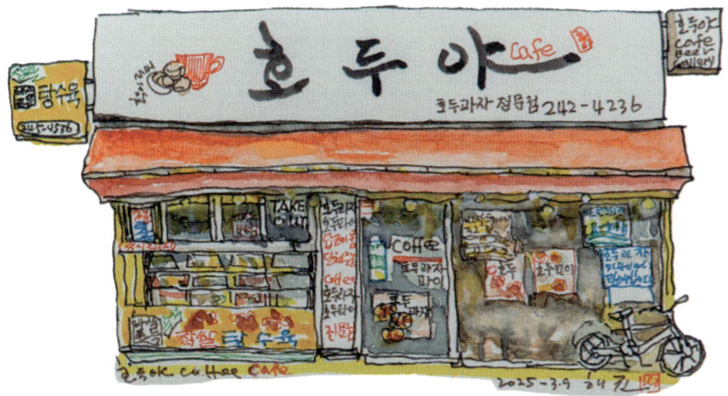

삼월과 봄이라는 단어는 어느 곳에 심어도 향기가 있다. 흙을 일궈 파종하고 빨랫줄의 하얀 옥양목 빨래가 마당을 덮던 삼월삼짇날 무렵의 풍속도가 그려진다. 봄을 맞는다는 의미를 담아 어반스케치 전을 기획했다. 타이틀을 '아스팔트 위에 핀 꽃'이라고 한 건, 도시가 주는 삭막함에 어렵게 비집고 나온 꽃을 봄 화단에 이식해 보자는 뜻을 길어 온 것이다. 60여 명의 수강생이 참가했다. 자아의 정체성은 멀리서 보아야 비로소 전체가 보인다. 수업 시간에 정신을 쏟았던 작품들이 옹기종기 걸렸다. 호두야 카페, 간판은 고상한데 주인장 신경순 선생은 희로애락을 저버린 듯 무표정하다. 마치 매생잇국 표면 같아 속을 들여다보기엔 천불만 난다. 그렇다고 사씨남정기의 사씨와 교씨, 혹은 이몽룡의 장모나 박씨전의 박씨 부인과는 아무 상관이 없다. 수원의 전설 극단 성의 김성렬 대표는 연극에 혼을 쏟다가 몇 해 전 저세상으로 가셨다. 내가 아는 단오 카페의 표수훈 사장과 호두야 카페의 신 사장은 선후배 간으로 김성렬 선생의 제자들이다. 어찌 됐든 행궁동 현대미술팀까지 참가한 이 전시가 모쪼록 봄비처럼 촉촉한 자양분이 되길 바란다. 황량하고 외로운 도시, 인정의 가뭄과 사랑의 도탄에도 개나리 진달래 꽃물처럼 예뻐, 너와 나의 가슴이 행복으로 물들였으면 좋겠다.

상처받고 응시하고 꿈꾼다. 그럼으로써 시인(예술)은 존재한다.
— 최승자,『이 시대의 사랑』에서

2025. 3. 9.

인사동에 가면

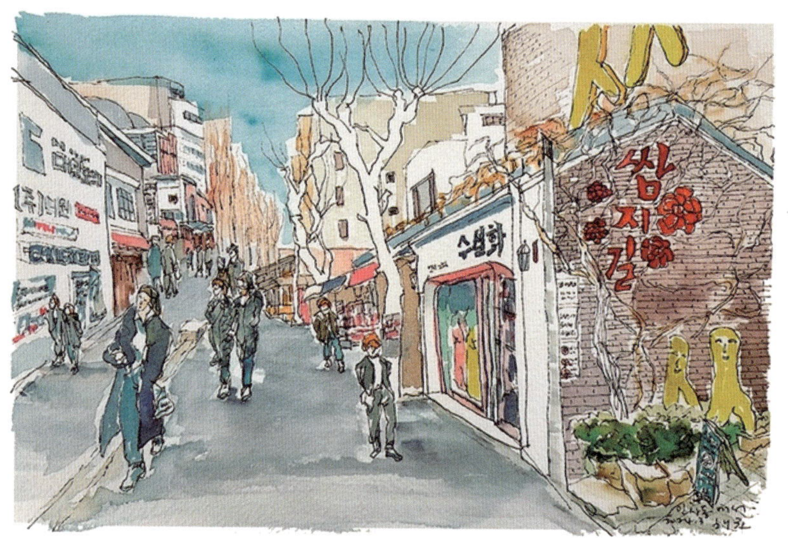

  호주머니 속의 시처럼

삼월도 벌써 깊다. 갇혀 있던 작업실을 벗어나 인사동길에 올랐다. 존경해 온 서양화가 송창 선배의 전시를 보기 위해서다. 전철 밖으로 봄기운이 흐르는 풍경들을 덧없이 바라본다. 허기처럼 고향 생각도 나고 봄날 하늘 가신 부모님도 그립다. 인간미 풋풋한 송 작가는 뵙기로 한 시간에 정확히 도착했다. 멋진 작품을 둘러보고 이미 가득한 작가들과 오늘 저녁 뒤풀이를 맞이해야 하는 선배를 놓아드렸다. 대신 친구와 풍습처럼 식사와 반주를 곁들였다. 대학원 동기이자 서양화가인 그녀는 인사동에 갈 때마다 마주했다. 우리라는 단어를 품을 만한 다양한 레퍼토리로 10년의 희로애락을 결속한 동료다. 초창기는 서로의 작품관과 예술에 대한 담론이 화두였지만 요즘은 일상적 넋두리와 자식 담화가 대부분이다. 이야기가 익을수록 술잔의 속도가 빠르다. 술은 너와 나의 내면을 풀어놓는 익숙한 방식 같다. 인사동에 저녁이 내린다, 오늘 밤 문화센터의 야학을 위해 부랴부랴 전철에 몸을 실었다. 한 시간 반, 지루한 길이다. 우리라는 공동체를 대체할 외롭지 않은 시 한 대목을 떠 올렸다.

······참새들에게 호랑가시나무 덤불이 천국이듯 우리의 겸손한 천국도 갸륵한 슬픔으로부터 온 것이다. 나를 울게 한다. 그것은 먼 곳에 있고 가질 수 없지만, 그것은 분명 내 몸속에 있다. 수평의 먹물을 튕기며 번지는 기억. 시간이 벗어두고 간 외투는 잘 보관하기로 하자
— 박서영, 「우리의 천국」 중에서

2023. 3. 13.

지동에서

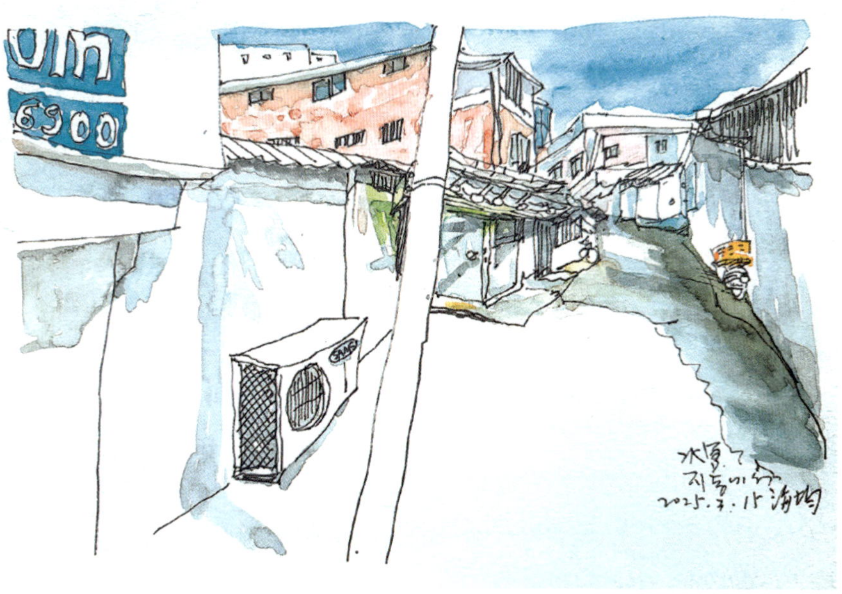

삼월도 벌써 어둡다. 아직 꽃도 피지 않았는데 눈 내리는 꽃샘추위라니. 호두야 카페 뒤에서 좁은 골목을 발견했다. 돌개바람이 상모춤을 추며 골목을 횡 지나간다. 버지니아 울프의 생애를 듣지 않아도 한 잔의 술을 마시고 싶은 오후, 하얀빛은 담벼락에 붙어 전신주의 그림자를 붙안고 있다. 거리엔 이른 봄나들이를 한 사람들이 허기를 채우려 분주히 먹을 곳을 기웃댄다. 칼국수 집, 국밥집, 돈가스집, 짜장면집 우리는 늘 빈 배 채우기에 일생을 보낸다. 미나리꽝, 못 골, 지동 시장을 지난다.

오늘 저녁 서울에서 최동호 시인이 오신다고 기별이 왔다. 일방적 통보지만 사랑채에서 차 한잔 마시며 시심으로 기다린다. 이윽고 단오에서 시처럼 인자한 시인을 만났다. 맛난 저녁을 함께하고 표 사장이 내온 차 한잔 나눈다. 내용물 없는 맑은 차를 수묵 담채 같은 시담詩談으로 채웠다. 낯선 대화가 어색한 간격을 오솔길처럼 좁히며 이야기가 무쇠솥의 시루떡처럼 보슬보슬 익어간다. 시인의 표정은 대학에서 후학을 가르치던 서사적 풍요로움이 엿 보이며 오가는 대화 또한 시를 짓는 느낌이다. 시인은 수원 남문 언덕, 코모호수, 화령전 등 자신의 시에 곡을 입힌 성악곡을 들려주었다. 소프라노와 바리톤의 목소리에 시가 음표를 탄다. 가곡을 들으면 선생님의 풍금 소리에 맞춰 스와니강을 부르던 중학교 교실로 시절이 옮겨간다. 반들반들 초 칠한 마룻바닥에 비친, 시골 소년의 초상 같은.

2025. 3. 15.

사랑방 손님과 어머니

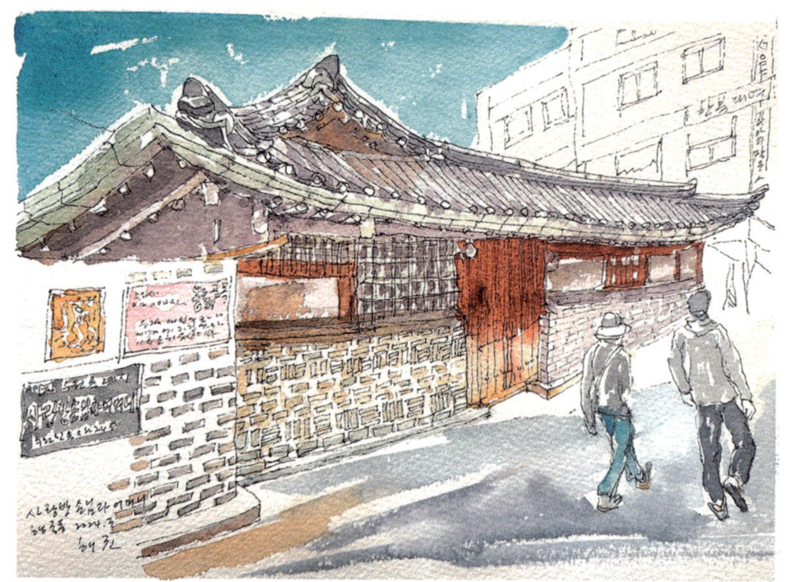

길가에 파릇한 새싹이 분주히 돋았다. 하얀 볕 눈부신 봄나들이다. 버드내를 거슬러 오를 때 화홍문을 관통하는 물보라가 약동하는 봄을 안내한다. 오늘이 선물이다. 고귀한 은혜인지도 모르고 살아온 나날을 성찰케 한다. 노란 산수유도 보이고 섶에 개나리도 보인다. 장안문 지나 성곽 따라 걷는 길이 탄력을 더한다. 화서문 돌아 골목마다 예쁜 카페가 기대어있는 행궁길로 들었다. 시대를 표상하는 무인 사진 방이 여기저기 눈에 띈다. 시간은 정체하지 않고 자주 얼굴을 바꾼다. 계획한 점심은 골목집이다. 뒤편 골방과 막걸리 주전자가 사라지고 젊게 바뀌었다. 묵은지 김치찌개와 막걸리 한잔 곁들인다. 공방 길에 기와집 한 채가 고전처럼 서 있다. 사랑방 손님과 어머니의 촬영지다. 대문 안이 궁금했다. '아저씨는 무슨 반찬이 제일 맛나우?' 옥희와 달걀 장수의 신파극 같은 향수가 묻어난다. 카페 단오에서 커피 한잔 마주했다. 주인장은 연극 하는 후배로 이곳에서 미얀마를 위한 전시를 연 바 있다. 벽에 시 한 편이 걸려있다. 수원 출신 최동호 시인의 시 화령전이다.

첫사랑 임의 입맞춤 누가 몰래 지울까
말 없는 화령전 기둥 뒤에 새겨두고
나비 날아간 붉은 꽃밭 사잇길 뛰어와
누가 볼세라 잠들지 못해 뒤척이던 보름밤
첫사랑 임의 입맞춤 누가 몰래 지웠을까
화령전 기둥은 여전히 말이 없는데
꿈결에도 빛나던 작약꽃 사라진 옛 마당
누가 그리워 나 지금 여기 홀로 서 있나.

2024. 3. 20.

봄이 오는 길목
— 진천 농다리

어릴 적 내가 살던 시골길은 긴 냇가를 끼고 있었다. 얼음이 얼면 우리는 겨우 내내 송판에 철삿줄을 매단 스케이트를 만들어 얼음판을 지쳤다. 겨울방학과 봄방학이 끝나고 개학이 오면, 책보자기를 어깨에 가로질러 매고 얼음장 밑으로 흐르는 시냇물 소리 들으며 등교했다. 그리고 하교 길엔 혼자 노래 불렀다.

시냇물은 졸졸졸졸
고기들은 왔다 갔다
버들가지 한들한들
꾀꼬리는 꾀꼴꾀꼴

노래를 부르며 나는 생각했다. 어머니 생각, 외갓집 생각. 동심 속에도 옛날이 있고 추억을 그리워했다니. 헤르만 헤세 유년의 이야기처럼.

봄이 흐른다. 봄은 물소리 같다. 진천 세금천의 농다리는 우리나라에서 가장 길고 오래된 돌다리라고 한다. 고려 초엽에 축조한 것이 지금까지 원형을 유지하고 있는 것만 봐도 매우 견고하게 놓여있는데 여러 가지 설화까지 있어 역사성과 농다리라는 미학적 아름다움까지 겸비하고 있다. 또한 돌의 뿌리가 서로 물리도록 한 건, 쌓기 식 축조 방식이 하나의 건축물이라는 가치를 보여주고 있다. 재래식 다리의 종류는 섶다리, 외나무다리, 돌다리, 줄다리 등이 있지만 무엇보다 징검다리라는 말이 가장 아름다운 것 같다. 산골에서 자란 나로서는 징검다리를 참 많이도 건넜다. "조오심 조오오심 징검다리 건너던~" 하고, 긴 머리 소녀를 부르던 시절도 건너왔다.

개울마다 얼었던 물이 녹아 눈부신 윤슬을 이루고 있다. 봄은 스프링, 겨울잠 자고 나온 경칩의 개구리처럼 한 해를 힘차게 뛰어오르자.

2023. 3. 22.

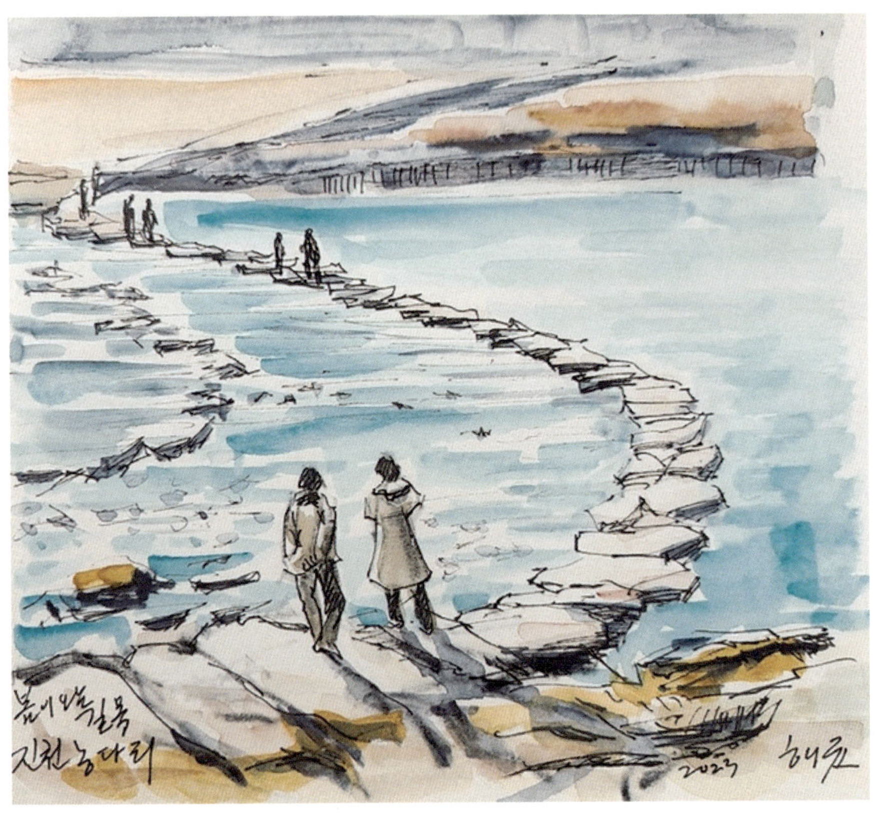

물향기 수목원에서

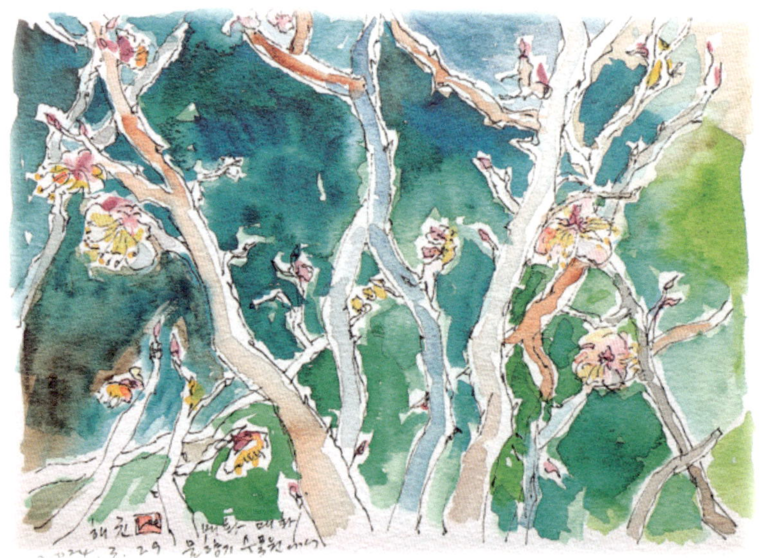

코끝에 와 닿는 촉촉한 꽃내음, 길가의 풀잎이 봄비에 더욱 파릇하다. 아침부터 쏟아지는 이슬비에 야외스케치를 할 수 없는 상황이지만 의외로 모두 참석했다. 긴 겨울을 지나며 바깥나들이가 고픈 마음이 비가 오고 황사가 친다고 해도 큰 장애가 되지 않았나 보다. 함께 우산을 쓰고 공원길을 걸었다. 직원에게 양해를 구하고 산림전시관 테라스에서 비 오는 바깥 풍경을 들여놓았다. 한눈팔 겨를 없이 진지한 모습, 언제 어디서 하루의 세 시간쯤을 잘라내어 온 마음을 집중할 수 있겠는가. 스케치북이 모이고 자신만의 개성 있는 그림들이 다양하고 느낌 있게 펼쳐졌다. 산수유도 진달래도 매화도 연둣빛 버드나무도 봄비에 더욱 산뜻하다. 그 가운데 이름 모를 꽃 무리가 눈에 들어왔다. 개나리처럼 길게 늘어선 관목인데 하얀 꽃이 매화를 닮았다. 학명이 미선나무다. 이름도 예쁘고 향도 진한 이 꽃은 한국만의 고유종이라니 더욱 귀히 보인다. "모든 슬픔이 사라진다."라는 꽃말처럼 이 봄이 그랬으면 좋겠다. 나는 미선을 닮은 매화를 그렸다. 매화는 고전적인 향기가 있다. 매화를 사랑하셨던 퇴계 선생은 임종 때 '매화에 물 주어라.'라고 유언하셨다고 한다. 대피소에서 그림 평을 마치고 함께 밥도 먹고 커피도 마셨다. 화무십일홍, 한나절을 동여맨 오늘이 인생의 가장 소중한 봄날이다. 보티첼리의 세 개의 그림에 소리의 색채를 입힌 레스피기의 관현악곡 봄을 듣고 싶은 봄봄봄 봄이다.

2024. 3. 29.

목련꽃 필 때

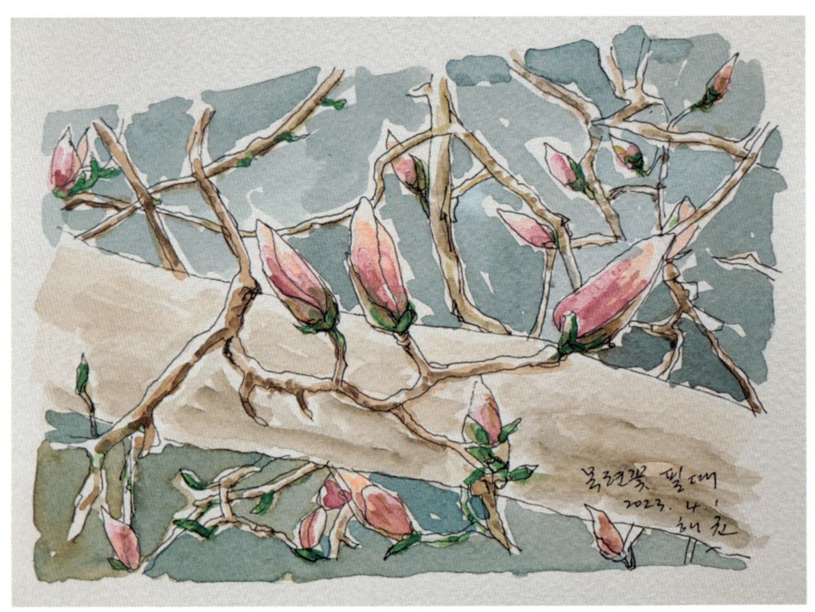

모든 꽃이 일시에 피어났다. 요즘은 순서 없이 피어나 라일락도 벚꽃도 개나리와 진달래와 함께 세상을 물들인다. 주말에 잠깐 팔달산과 광교산 길 벚꽃 구경을 했다. 그냥 지나가 버릴 것만 같아 부랴부랴 한꺼번에 올봄의 꽃들을 한가득 들여놓았다. 봄을 풍성하게 하는 것은 무엇보다도 목련꽃이다. 벌써 양달의 목련은 꽃잎을 누추하게 떨궈놓았다. 목련이 지면 왠지 봄이 저무는 것만 같다. 우아하고 순백한 목련은 지구상에서 가장 오래 살아남은 생명체 중의 하나라고 한다. 무려 1억 4천만 년 전 공룡시대 화석에서도 흔적을 남겼다고 한다. 목련은 백목련과 자목련이 있지만 나는 흐드러진 청순함의 백목련보다 좀 더 세련되고 우아해 보이는 자목련이 좋다. 나는 해마다 상습적으로 목련꽃을 스케치북에 담아 놓는다. 이유 없고 목적도 없지만 봄이 아쉬워 마음이 가서 그리는 것 같다. 목련꽃 지면 봄도 벌써 무너지는 것 같다. 꽃진 자리에 잎이 짙을 것이다. 내년에도 이미. 그때 지금이 시작되리.

2023. 4 . 5.

도청 벚꽃길
— 구 도청 벚꽃길은 수원 벚꽃 길의 상징이다

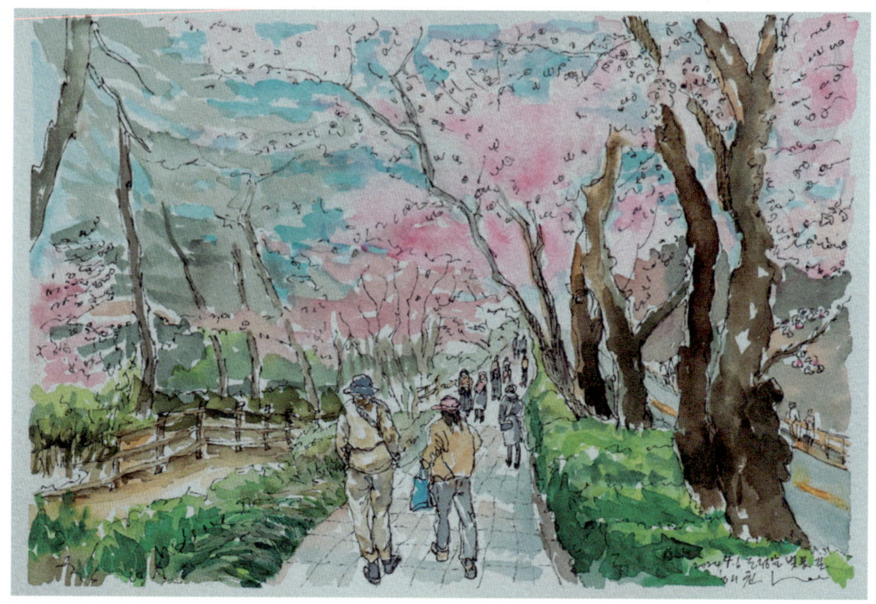

　벚꽃 필 무렵, 해마다 도청 길을 걸었다. 가끔 놓쳐버린 버스처럼 봄이 지고 마지막 꽃비가 흩날릴 때도 있었다. 봄은 짧고 인색하다. 그래도 보고 나니 한해가 덜 억울할 것 같다. 꽃길 순례는 지석묘가 있는 팔달산 기슭을 지나 화양루 성벽 따라 서장대로 향한다. 시내 풍경은 해마다 다르다. 내가 사는 매교동이 아파트 숲으로 변했다. 길가엔 명자꽃, 서양수수꽃다리꽃, 조팝나무가 향을 쏟는다. 홍도화는 아직 색이 옅다. 화서문, 장안문을 지나 화홍문까지 와서 행궁동 뒷골목으로 들어섰다. 오래된 왕대포집이 이사를 와서 아직 간판을 거꾸로 뒤집어쓰고 있다. 마른 목 좀 축이려 찾은 매향통닭은 잔칫집처럼 손님이 넘쳤다.

지동시장 순댓집에서 막걸리 한잔 걸친다. 전율처럼 빈속이 짜릿하게 흐른다. 엉켜있던 마음이 스르르 해체되는 기분이다. 봄날 하루가 저문다. 남수문 아래 물 흐르는 소리가 들려온다. 몇 해 전 성급히 하늘 떠난 후배가 떠올랐다. 수원천에서 깃발 전을 설치하며 밤길을 걸었던 아우를 다시 만나는 기분이다. 이사할 때 심어준 왕벚나무는 잘 자라고 있을까. 많이 보고 싶다. 봄마다 돋아나는 시 한 편을 다시 꺼내본다.

전송하면서
살고 있네.

죽은 친구는 조용히 찾아와
봄날의 물속에서
귓속말로 속살거리지,
죽고 사는 것은 물소리 같다.

그럴까, 봄날도 벌써 어둡고
그 친구들 허전한 웃음꽃을
몰래 배우네.

— 마종기, 「연가 9」

2024. 4. 6.

목련꽃 피는 카페
― 교동 골목에서

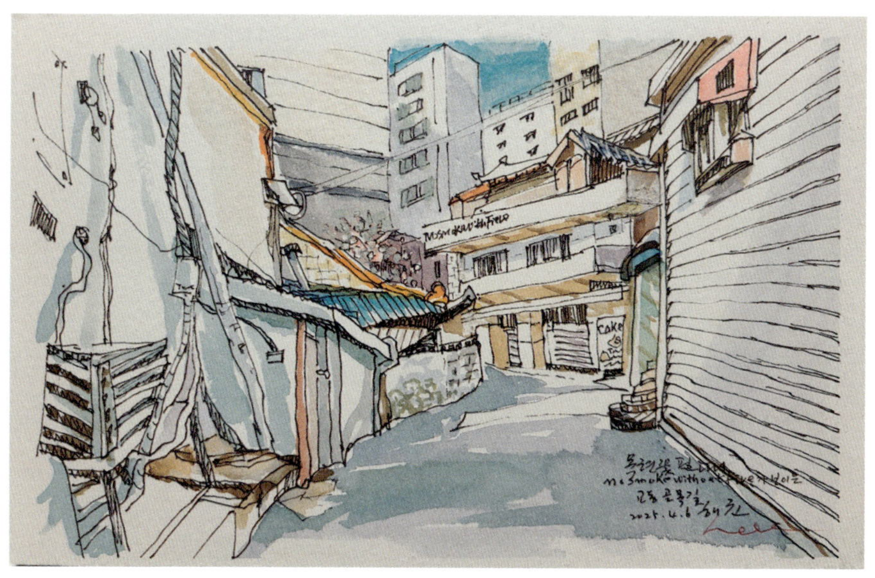

옥탑방 작업실에서 아래를 내려다보면 목련꽃 핀 동네가 아련히 다가왔다. 궤도를 이탈한 자신을 바라보는 것처럼, 봄이 오고 꽃이 피는 게 두렵던 시절이었다. 그래도 목련꽃 핀 카페의 테라스에서 커피를 마시는 사람들을 바라보면 답답한 시 공간들이 지나간 연애편지를 꺼내 읽는 것처럼 시큼했는데, 그마저도 커다란 건물이 생겨 가려졌다. 오늘, 커피 향과 목련꽃 꽃 그늘진 골목을 거닌다. 사랑이 이별을 동반하듯, 산다는 건 늘 걱정과 근심을 부여받는다. 정의의 탈을 쓴 마키아벨리즘이 득세하는 시국이 나의 부근에도 사회적 좀비처럼 옥죄고 있다. 나를 해방하는 궁극은 무엇일까. 케테 콜비츠와 뭉크와. 버지니아 울프의 환영들이 아지랑이처럼 일렁이며 내게 밀려온다. 자유로운 삶도 어렵고 싫증이 올 때가 있다. 우울증같이 고요한 자유는 더욱 절벽 앞의 수레바퀴 같다. 그래도 이 봄이 평온했으면 좋겠다. 수면마취에 든 검진자처럼 잃어버리든 잊어버리든 더 이상 산만하지 말았으면 좋겠다.

2025. 4. 6.

개심사 가는 길

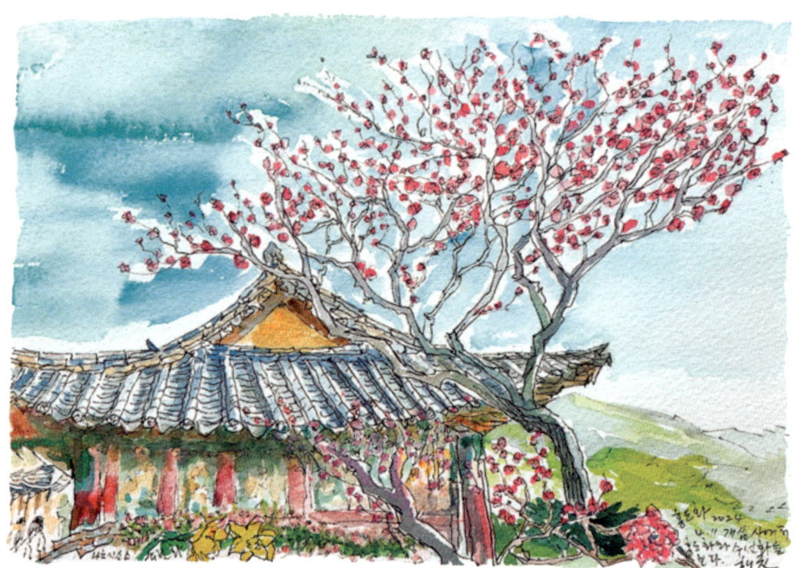

해마다 봄 되면 고사리 산나물 뜯어 가마솥에 삶아 널었다. 구수한 참나물 냄새가 마당 가득 번졌고, 쑥떡과 돌나물 물김치도 입맛을 돋웠다. 수필 한 땀 같은 고향의 봄을 그리며 개심사 갈 때마다 들렸던 풍전 뚝집으로 향한다. 파릇한 풀 돋은 논두렁길이 싱그럽다. 어머니가 계실 땐 이 집의 어죽을 대접하겠다고 일삼아오기도 했다. 그새 깨끗하고 넓은 공간으로 변했다. 추어튀김에 곡차 한잔 축이고 어죽으로 얼큰하게 몸을 달군다. 파김치와 열무김치도 이 집의 별미다. 바닥을 드러낸 죽 대접을 뒤로하고 숨겨놓은 애인처럼 봄 되면 보고 싶은 개심사로 간다. 14개의 보물과 청 벚꽃, 겹벚꽃, 왕벚꽃이 좋아서만은 아니다. 그저 봄볕처럼, 어머니의 옥양목 치마처럼, 개심사의 소박한 향수 때문이다. 개울물 소리와 산자락 소나무길 따라 걷는 느낌이 좋다. 비탈길 접어 올라, 하늘 담긴 경지鏡池에 찌든 마음을 비춰본다. 안면이 맑아지길 기다린다.

안양루로 조성된 넓은 계단은 어색하고 낯설고 아쉽지만, 일제 강점기 서화가 해강 김규진의 글씨라는 상왕산 개심사 현판은 장중한 운필의 멋이 깃들어 다시 보게 된다. 올해도 도달할 수 없는 춘몽처럼, 심검당 옆 뜰 안에 홍도화가 도도히 피었다. 춘삼월 하늘에 팔을 뻗고, 사랑을 구하는 봄 처녀 같기도 하다. 텃밭엔 수선화가 병아리 떼처럼 노랗게 피었다. 마음을 연다는 개심사의 의미같이 심호흡으로 가슴을 펴본다. 내 안의 화단이 만개하듯.

2024. 4. 11.

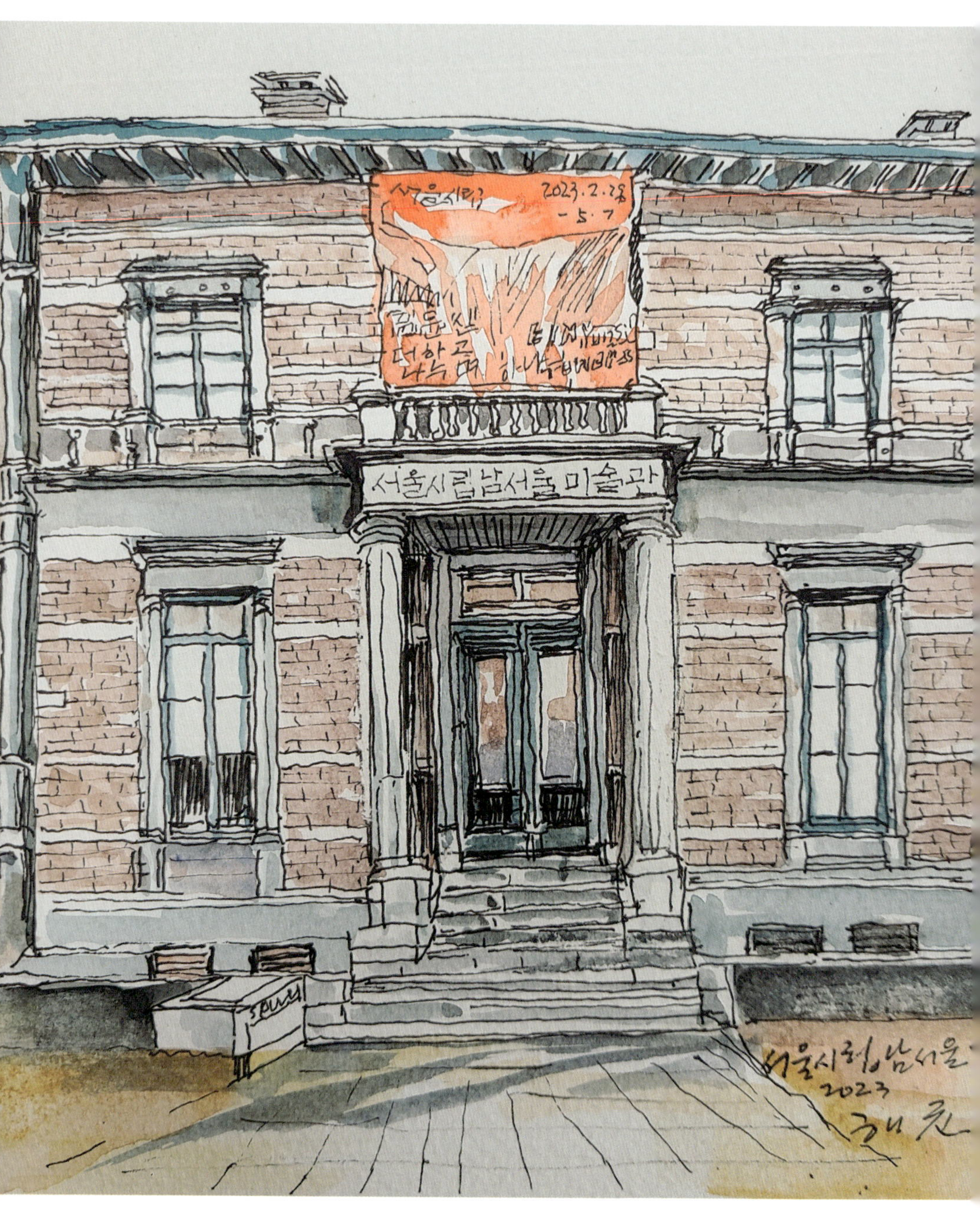

2023. 2. 28
- 5. 7
서울시립남서울미술관

서울시립 남서울미술관

　사당동 지하철 6번 출구로 나오면 100m 거리 대로변에 아름다운 적벽돌 건물이 고풍스럽게 자리하고 있다. 격동의 시기, 대한제국이 독립을 유지하는 방법은 중립국으로 가는 길이었고 그 길에 동반자로 삼은 나라가 벨기에였다. 대한제국은 러일전쟁을 앞두고 중립국을 선언하기도 했으나 이 정책은 일본에 의해 무력으로 짓밟혔고 러일전쟁이 일본의 승리로 끝나면서 대한제국의 중립국화는 실패하고 말았다. 벨기에 영사관은 1905년 중구 회현동에 있던 것을 1980년 지금의 남현동으로 이전착공 하였다고 한다. 김수근을 비롯한 당대 최고의 건축가들이 이 건물의 이전에 참여했다. 신고전주의 양식, 이오니아식 기둥으로 만들어진 유서 깊은 건물이 깊고 멋지다. 11년 전 군산에서 스케치 여행을 할 때 아름다운 옛 군산세관을 보았고 벨기에에서 수입한 적벽돌로 지어졌다는 것이 기억났다. 이전한 벨기에 영사관은 지금 내부를 새롭게 꾸미며 서울시립 남서울미술관이라는 명판을 달고 있다. 시각적으로 지루한 화이트 큐브만 바라보다가 이렇게 고색창연하고 아기자기한 방으로 장식된 전시장을 보니 색다른 여유와 품위가 느껴졌다. 전시장 창밖으로 하얀 벚꽃이 꽃비가 되어 먼 시절의 환영처럼 흩날린다. 따스한 봄볕을 들여놓은 전시장은 포근한 나무 복도로 이어진 2층까지 1세대 여성 조각가 김윤신 선생의 웅혼한 작품이 전시되어 있다. 높은 천장 아래 고요한 분위기는 오래전 상설 전시처럼 잘 어우러져 깊은 조형감을 보여 주고 있다.

2023. 4. 12.

봄나들이
— 옛 도청 앞 벚꽃길

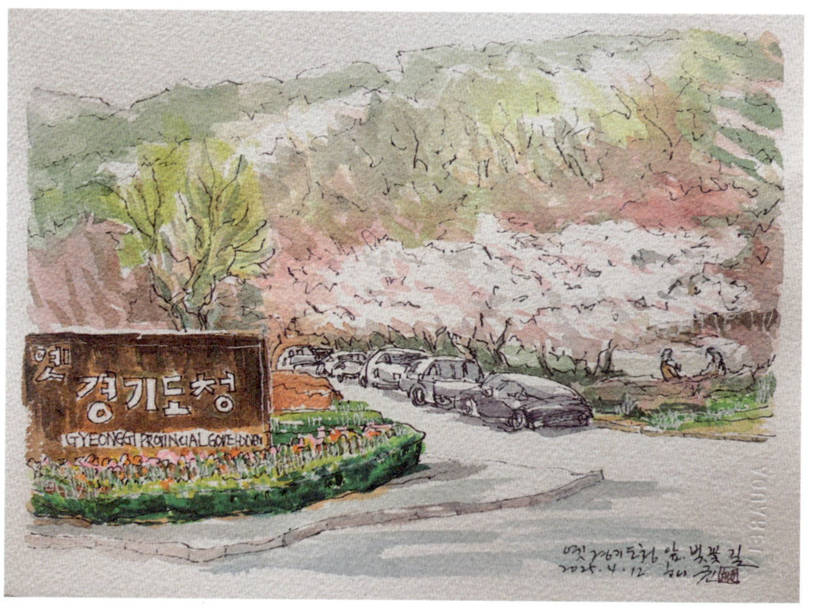

도청 앞에 옛 자가 붙었다. 팔달산과 도청을 뒷동산 삼아 살아온 지 45년에 이른다. 지나간 것은 모두 섬이 된다. 도청이 광교 신도시로 옮겨간 지도 몇 해가 흘렀다. 세월은 늘 바라보지 않는 사이, 생각을 놓은 사이를 관통하고 있다. 봄비가 주말 내내 내린다. 꽃비 내린 자리에 모든 잎이 선명하고 파릇하게 살아났다. 주말이 오기 전에 수강생들과 물향기 수목원을 찾았다. 눈부신 벚꽃과 빨간 산당화가 줄지어 피었고 음지엔 아직 개나리가 노란 줄기를 뻗고 있었다. 강한 자외선을 피해 자연과 식물을 읽는 물향기식물책방에 들어갔다. 이곳에서 각자가 수집한 풍경을 그리거나 창밖 풍경을 담았다. 처음 나온 수강생들은 스케치북에 펜을 대는 것이 설레지만 불안해 보였으나, 나름 재미있는 색칠을 했다. 그림에 무슨 형식이 있고 잘 그리고 못 그린 차이가 있겠는가. 다름을 보여주는 현대미술은 저마다의 개성을 찾는 것일 뿐이다. 맛난 밥도 함께 먹고 막걸리 한잔도 축였다. 일부는 꽃구경도 제대로 못 한 짧은 시간이 불만인 듯했다. 사실은 나도 그랬다.

올해의 마지막일 꽃을 좀 더 바라보기 위해 고등동에서 구 도청으로 향했다. 도청 앞 벚꽃을 못 보면 한해를 못 보는 것 같은 허망함과 아쉬움이 따른다. 팔달산 허리를 걸었다. 전망 좋은 카페 안다미로에서 차 한잔 마신다. 봄비가 어두웠던 날들의 복수처럼, 찬바람 싣고 쏟아진다. 봄 처녀의 한 문장같이 날 개면 진주 이슬 싣고 새 풀 옷 입은 봄 길을 걷고 싶다. 꽃바람이 스쳐 가는 사랑 같이 불어오는.

2025. 4. 12.

광교산 길과 원주민 L씨

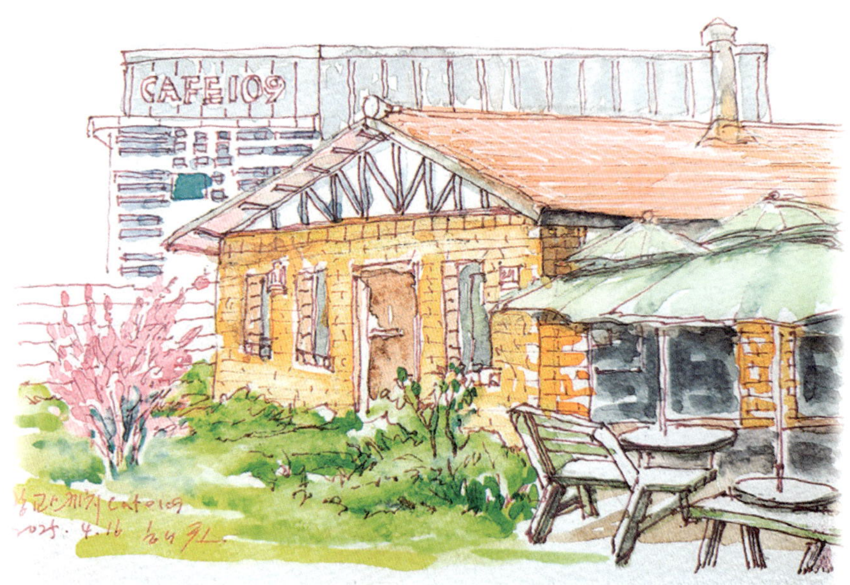

상광교 로컬 푸드 옆에 카페 109가 보인다. 봄날 아침, 올해도 사월 스케치는 이곳 전원 풍경을 택했다. 이슬 맺힌 아침은 다소 쌀쌀하다. 목장과 마을을 한 바퀴 답사하는데 할아버지 한 분이 수상한 듯 기웃댄다. 그림 그리러 왔다고 하자 엉겅퀴처럼 곤두선 표정을 낮달처럼 하얗게 밝혔다. 수강생들이 저마다의 위치에서 그림을 그린다. 그 모습이 봄처럼 신선하고 진지하다. 할아버지는 이 주변 카페와 건물의 주인이라며 이야기를 속도감 있게 꺼내셨다. 올해 한 살 빠지는 90이라며 1967년 상수도 보호 시설 공사 감독으로 이곳에 오셨단다. 대학 레슬링부에서 선수 생활도 하셨다는데 고향은 이북이라고 하신다. 1969년, 전깃불도 없고 차도 다니지 않던 이곳에 젖소 두 마리와 정착하셨다며 자신을 이석삼으로 소개하셨다. 소는 불어나서 100마리에 이르렀고 그는 600평, 천 평, 2천5백 평 광교산 길 일대를 구석구석 사들였단다. 하지만 혼자 잘 사는 게 즐겁지 않아 22가구의 주민에게도 젖소 키울 것을 권장해서 지금까지도 이곳저곳 목장이 남아있는 것이라고 했다. 고 심재덕 시장 재임 시절 상수도 보호를 위해 목장 이주를 원해, 카페 주변 천 평만 남긴 채 다 팔아버렸다고 홀가분해하신다. 그와의 목적 없는 대화를 마치고 스케치도 마쳤다. 함께 맛난 밥과 커피도 나누고 쑥 냄새 가득한 봄 길을 돌아온다. 산과 들이 연둣빛 신록으로 물들어 간다. 봄의 언어와 꽃의 흔적이 지워진 자리에.

2025. 4. 16.

슬레이트 지붕이 있는 골목

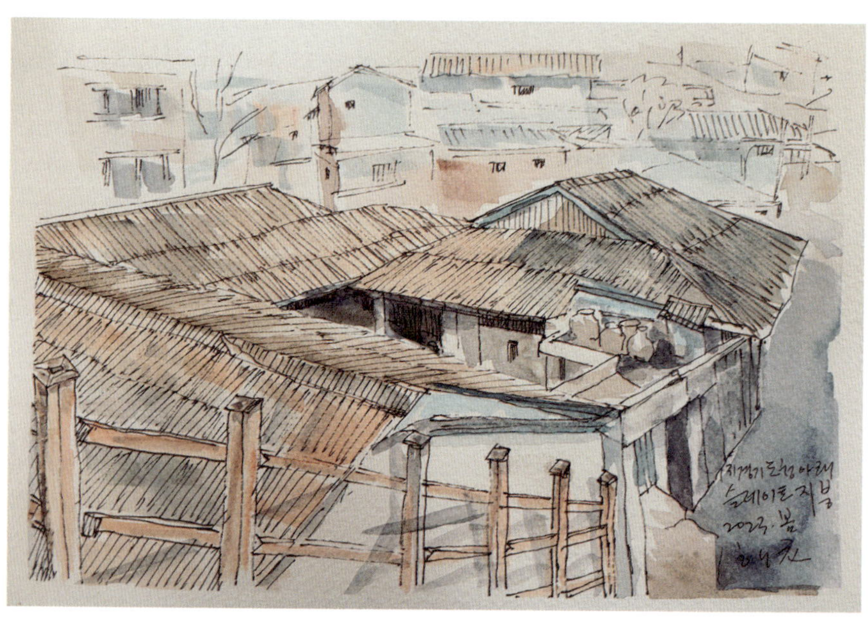

70년대 새마을 사업이 시작되면서 우리나라 초가지붕은 자취를 감추게 되었다. 물론 호롱불이 걷히고 전기가 들어오기 시작한 동시대의 이야기이다. 지붕개량이라는 국가적 사업을 위해 마을 길을 넓히고 초가지붕을 걷어내는 일이 선행되었다. 우리나라 지붕은 크게 초가지붕, 기와지붕, 양철(함석)지붕, 너와 지붕 등이 있으나 무엇보다 슬레이트 지붕이 대부분이었다. 시공하기 간편하고 비용이 적었기 때문이었을지 모르겠다. 많은 세월이 지난 지금 이젠 슬레이트 지붕의 소재인 석면이 환경에 유해하다는 이유로 골칫덩이가 되었다. 일부 지자체에선 지붕을 해체하면 그 비용을 지원해 주는 곳도 있다고 한다. 팔달산 벚꽃 구경을 갔다가 구 도청 아래 골목길에서 이 집을 발견하였다. 슬레이트 지붕이 사방으로 둘러쳐진 낡은 집이다. 매산동, 고등동, 교동과 이웃하고 있는 이곳 구도심은 아직 걷히지 않은 지난 시절의 풍경이 골목 사이에서 신음하고 있었다. 황사 낀 봄이 벌써 꽃비처럼 흘러내린다. 이런 시가 생각난다.

아직 내가 서러운 것은 나의 사랑이 그대의 부재를 채우지 못했기 때문이다.
봄 하늘 아득히 황사가 내려 길도 마음도 어두워지면 먼지처럼 세월을 뚫고 나는 그대가 앉았던 자리로 간다. 나의 사랑이 그대의 부재를 채우지 못하면 서러움이 나의 사랑을 채우리라.
— 이성복,「숨길 수 없는 노래 2」중에서

2023. 4. 19.

반복의 매너리즘
— 나의 아파트

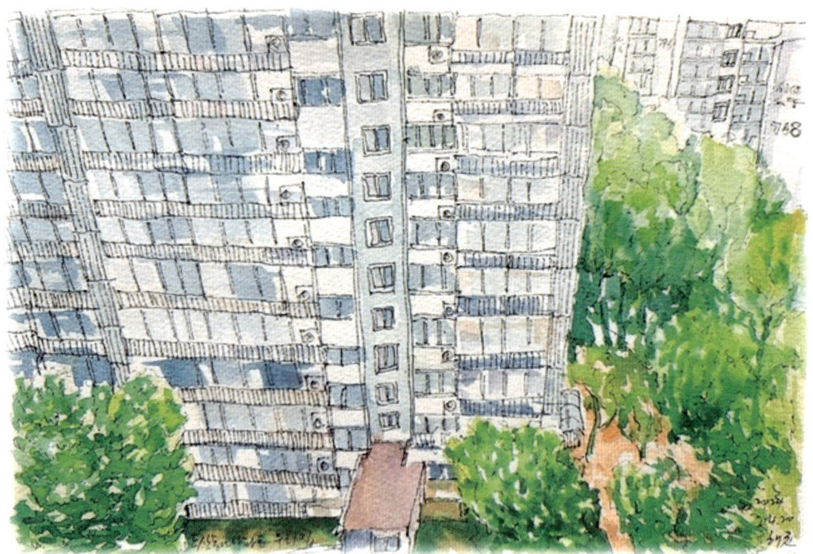

비바람 불고 꽃비 내리더니 누리 가득 새잎이 번졌다. 레인지의 연두부가 익는 동안 창밖을 본다. 부감법 형식의 멋진 장면이 사유 없이 노출됐다. 다닥다닥 붙은 방들이 벼랑 끝 바위에 집을 지은 카파도키아 괴르메의 비둘기집 같다. 전원 속에 살겠다던 나의 꿈은 30년째 이 아파트에 살면서 공허한 헛꿈이 됐다. 화단의 교목과 담 너머 가로수들은 봄마다 싱그럽다. 아침 요기로 달걀을 팬에 올린다. 먹는 것도 정성을 다해야겠지만 늘 성가시다. 조각가 류인이 아내에게 주문했다는 계란프라이가 떠오른다. 불의세기, 기름의 양, 시간을 따져 마지막에 프라이팬 뚜껑을 덮어 달걀의 윗면을 살짝 익힌, 바삭하고 촉촉한 궁극의 계란프라이 하나를 얻기 위해 10개를 연달아 부쳤다는. 나는 수년째 계란프라이 하나 제대로 완성하지 못했다. 물리적 계란프라이가 아닌, 궁극의 작품을 이루지 못한 것이 포함된다. 달래 향 가득한 된장찌개가 그립지만, 아침마다 똑같은 조찬을 차려 부뚜막에 기대어 선 채 때운다. 먹는다는 것은 끊임없이 일하고 추구하라는 엄중한 장치 같다. 오늘도 따뜻한 물 한 컵에 연두부, 낫토, 닭가슴살, 파프리카 1/4, 계란프라이, 사과 1/4쪽, 그릭요거트 하나를 먹는다. 반복되는 아침 의식이 귀찮고 싫지만, 세월에 저항 없이 나는 일상적 패턴을 형식화한다. 피트니스센터까지 걸어가서 운동하고, 작업실에 걸어가서 종일 작업 하다가 밤 되어 귀가한다. 잠자고 꿈꾸는 나의 거룩한 아파트.

2024. 4. 20.

내 건너 빨간 집
— 삼일학교

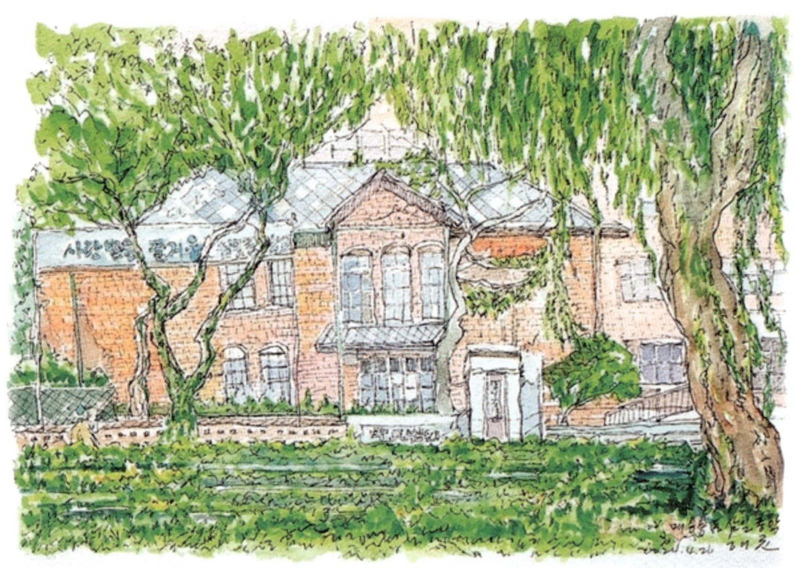

신록의 계절이다. 청보리 익어가고 목단꽃, 유채꽃, 아카시아꽃이 짙은 향을 쏟는다. 눈으로 향기를 맡는 느낌이다. 시냇가도 푸르름이 흐른다. 화홍문을 지날 때, 내 건너 버드나무 사이로 빨간 벽돌집 한 채가 시선을 잡았다. 고색창연한 서양식 건축의 옛 삼일학교다. 삼일학교는 1903년 미국인 선교사 W.서웨어리가 15명의 소년을 모아 시작한 교회 부설 학교로 처음엔 교회 건물을 빌려 사용했다고 한다, 미국 아담스 교회의 도움으로 건립되어 벽 꼭대기에 ADAMS MEMORIAL이라고 새겨있다. 삼일학교는 교사와 학생들이 1920년대 항일 비밀 결사 운동을 전개하여 민족의식을 고취한 학생운동 발상지이기도 하다. 독립운동가 임면수 선생은 기독교 정신을 바탕으로 사랑과 봉사를 실천하는 인간교육을 건학 이념으로 삼일학교 창립에 기여했다. 솔로몬 도서관으로 사용되고 있는 기념관은 문이 잠겨, 이마 위에 손바닥을 얹어 빛을 가리고 실내를 들여다본다. 친구들 목소리가 들려올 듯한 목조 마룻바닥에 책걸상이 놓여있는 예스러운 풍경이다. 풍금 소리에 맞춰 스와니강을 부르던 중학교 적 생각이 난다. 마룻바닥에 반들반들 초 칠을 해놓고 선생님이 미끄러지는 모습을 깔깔대며 바라보던 기억, 추억은 분필로 쓴 칠판 위의 낱말 같다. 널따란 운동장을 건너 교문을 나서며 책가방을 든 소년으로 돌아간 느낌이다. 아! 벌써 내 건너 오월의 향훈이 코끝에 닿는다.

2024. 4. 26.

산 아래 시詩

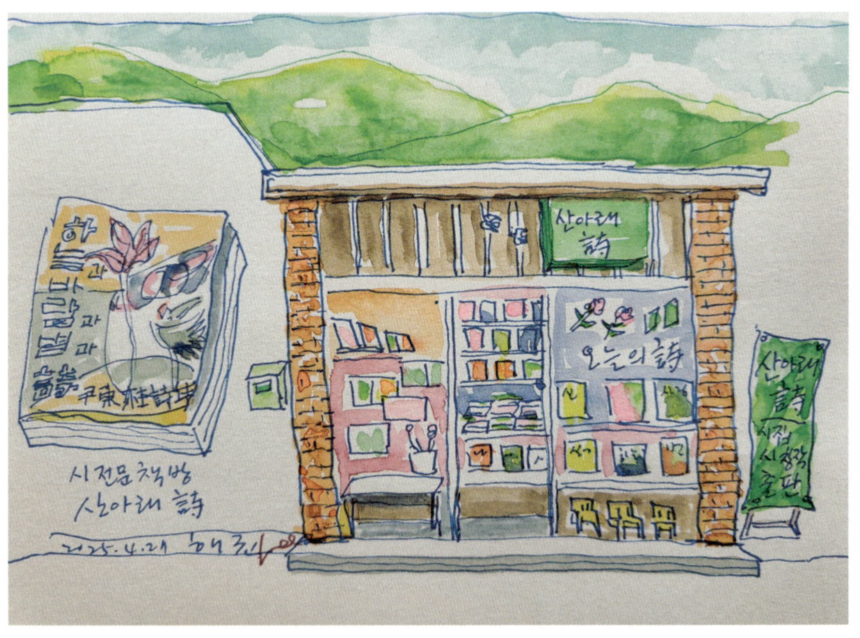

　자주 가는 돈가스집 앞에 여태 없던 가게 하나가 눈에 들어왔다. 생소한 간판엔 '산 아래 시'라는 산뜻한 글이 담겼다. '시를 만나, 시에 말 걸며, 시의 시간을 꽃 피우고 있습니다'라는 문장도 시적이다. 이 거리에 조금 어색하지만 반갑다. 서점 전멸의 시대에 시집 전문 책방이라니, 호기심에 안으로 들어갔다. 매대엔 컬러풀한 책들이 가지런히 진열되었으나 대부분 무명 시인이다. 모두 새 책인데 어떻게 된 걸까. 책방 주인은 유명 작가들의 책은 취급하지 않는다며 의미심장하게 응수했다.

시의 내용이 맑고 간혹 비장했다. 어쩜 무명 시인이 더 치열할 수 있다. 기웃대다가 그냥 나오기가 민망해서 이상의 시집 건축무한육면각체를 손에 담았다. 주인은 덤으로 동인지 한 권을 줬다. 아는 작가라곤 이것 뿐인가 했더니 윤동주의 하늘과 바람과 별과 시가 포켓북으로 놓여있었다. 빈티지하고 자그마하여 반려동물처럼 갖고 싶었다. 그러나 아무리 찾아보아도 책에 정가가 없어 한동안 망설이더니 그냥 가져가란다. 이 책방 주인 돈 벌려고 책방 차린 게 아닌가 싶다. 책값을 모르니 돈을 받을 수 없다며 행운이라고 한다. 길가에서 지폐를 주운 것도 아닌데, 찜찜하면서도 이상한 포만감을 느낀다. 이런 시가 생각 났다.

다소곳한 문장 하나 되어
천천히 걸어 나오는 저물녘 도서관

함부로 말하지 않는 게 말하는 거구나
서가에 꽂힌 책들처럼 얌전히 닫힌 입
(중략)
나만 외로웠던 건 아니었다는 위안
혼자 걸어 들어갔는데
나올 땐 왠지 혼자인 것 같지가 않은
도서관

— 송경동, 「삶이라는 도서관」

2025. 4. 27.

남도 여행
― 미황사 가는 길

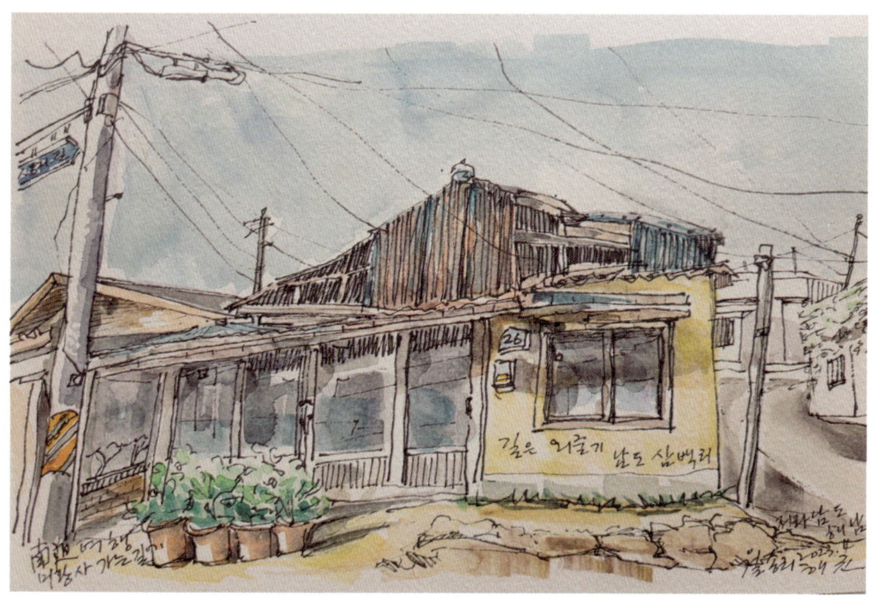

　남도 여행은 시인의 산책길 같다. 앞만 보고 달리던 종적 삶보다 좌우를 여유롭게 보는 횡적 삶을 세월이 내리막길로 접어든 지금에야 겨우 찾아본다. 섬진강 길옆 천은사 일주문엔 조선의 명필 이광사가 쓴 현판이 휘황했다. 탁한 마음을 씻는 초록빛 물소리도 청량하고 맑았다. 늘 화개장터 가는 길목 화엄사와 쌍계사에 시간을 빼앗겼는데, 조금 옆길로 새어본 여유를 가진 것은 동행한 사돈 선생의 섬세한 배려 때문이다.

화개 장터를 거쳐 옹기종기 붙어사는 사람과 시골길을, 스쳐 가는 창밖으로 내다보아도 새로운 느낌이다. 낯선 것은 모두 새롭고, 신선하고, 집중이 된다. 남도의 서쪽으로 길게 달렸다. 대흥사를 품고 있는 먼 두륜산의 위용을 드디어 보게 되어 기뻤다. 욕심을 내어 해가 떨어지기 직전 달마산의 품에 든 미황사도 보았다. 노을이 한 편의 시처럼 좋은 첫 길이었다. 순천의 꼬막 정식과 짱뚱어탕, 장흥의 한우 육회, 해남의 장어탕, 보성의 녹차 맛, 목포의 홍어 정식은 덤으로 얻은 남도의 맛과 멋이었다.

웅건한 수필의 힘 청춘 예찬, 신록 예찬과 동행한 한편의 산문집 같은 여행.

싱그러운 봄 길은 찬란한 슬픔의 봄이라는 영랑의 모란꽃밭을 지나 미황사 가는 길목 월송리에서 잠시 머물렀다. 라일락 다방, 부흥다방이란 간판과 목적을 잃은 월송자동차여객터미널이라는 거창한 간판이 걸린 삼거리 상회도 정다운 풍경이다.

미황사 노을을 보려고 모퉁이를 돌 때, 이 근대적 낡은 건물을 발견했다. 남도의 청보리 바람이 스쳐가는.
낯선 길이 좋다.

2023. 4. 26.

날 날 날, 오월

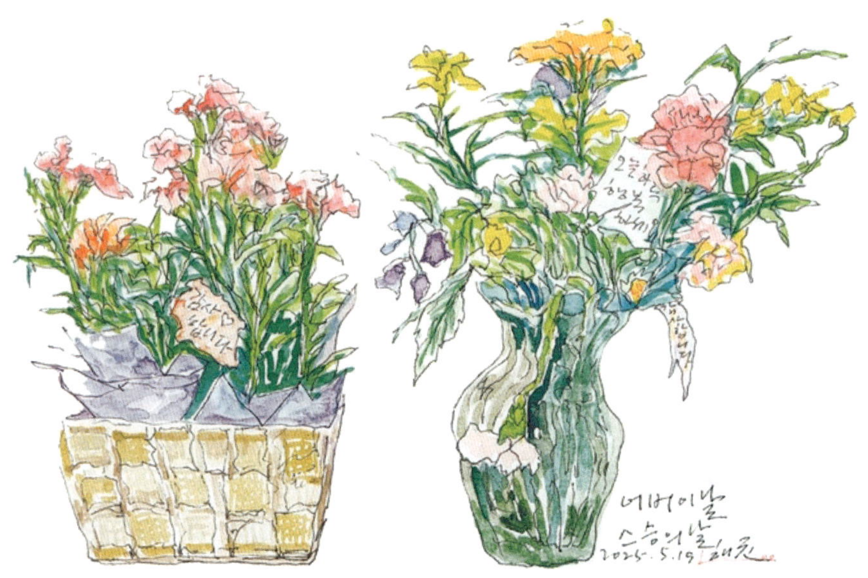

어린이날, 부처님 오신 날, 어버이날, 스승의 날, 성년의 날, 부부의 날. 참 날 많은 오월이다. 계절의 여왕이라는 오월이 몇 번 더 주어질지, 이 땅의 시간이 궁금하다. 어버이날이라고 꽃 한 송이 올려온 아들, 현금 봉투에 정성스러운 편지를 담은 딸, 내가 섬기던 부모님이 안 계신 이후, 풍속도가 바뀌었다. 스승의 날이라고, 행궁동 현대미술 교실에서 꽃바구니와 티셔츠 하나를 받았다. 게다가 스승의 날 노래까지 들려주니 이럴 자격이 있을까 불편도 했지만, 한편 흐뭇했다. 매교 어반스케치 교실엔 고참 몇 분이 예쁜 다과를 마련해 와 함께 나눠 먹었다. 정성이 고마웠다. 여성회관 어반스케치 교실에도 꽃 한 송이를 에코백에 몰래 매달아 놓아 깜짝 놀랐다. 그리고 맛난 점심 식사를 나누며 따뜻한 정이 혈류처럼 흐름을 느꼈다. 작은 정표만으로도 얼마나 고마운 세상인지 모르겠다. 학창 시절의 스승의 날은 정식 행사가 있었는데 요즘은 그마저 사라진 듯하다. 교권이 무너지고 여러 가지 불협한 일들이 겹치면서 스승과 제자라는 의미도 어색한 지경이다. 그나마 성인들은 은혜라는 인생사를 교환하며 사는 예지가 있어 고맙게 받아들인다. 고마움은 예절이다. 내가 늘 감사하다. 이런 시가 있다.

불온한 생각도 아직은 더러 있는데
꺼내놓을 용기가 없다.
대부분 옛사람 옛글이 시키는 대로
다소곳이
상부의 명령과 지시에
고분고분
고향에 보내는 편지에는 그냥
잘 지낸다고 쓴다

— 윤제림, 「근황」

2025. 5. 19.

광교산 길
— 문암골

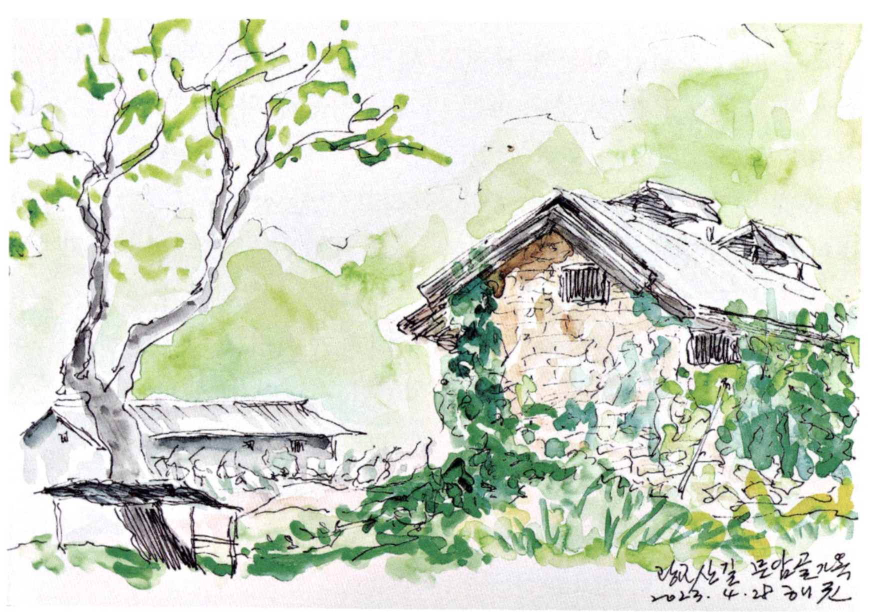

광교산은 명실공히 수원의 허파다. 120만 수원 시민에게 산소 같은 청량감을 주는 건강한 등산로이기 때문이다. 광교산자락은 참으로 아기자기하다. 봄이면 흐드러진 벚꽃이 호숫가를 물들이고 여름이면 짙푸른 초록이 폐부를 열어준다. 형형색색 감잎이 무르익는 가을 풍경도 아름답고 수원팔경의 하나라는 광교적설은 더욱 운치 있다. 도심에서 불과 몇 분 거리에 있는 곳이지만 원주민 농가들이 그대로 원형을 유지하고 있는 것이 놀랍다. 우리가 스케치 간 문암골 아래도 한우 사육 농가가 있고 돌담집과 슬레이트 양철지붕이 옹기종기 모여 있는 전형적인 시골 모습이다. 감나무가 많은 땅은 따뜻한 곳이라는데 토질마저 좋은 것 같다. 양지쪽 기슭엔 양봉하는 풍경도 보이고 포도와 블루베리를 재배하는 농가와 과수원도 보인다. 장다리 싱그러운 파밭과 양파밭, 감자밭, 마늘밭, 소 사료용 풀도 녹색 물결을 이루고, 조팝나무 이팝나무도 이 계절에 하모니를 이룬다. 스케치를 끝냈으니 방목한 양처럼 해방된 수강생들과 어서 보리밥집을 가야겠다. 맛있는 도토리묵과, 파전과, 걸쭉한 막걸리가 있는.

2023. 5. 3.

어린이날

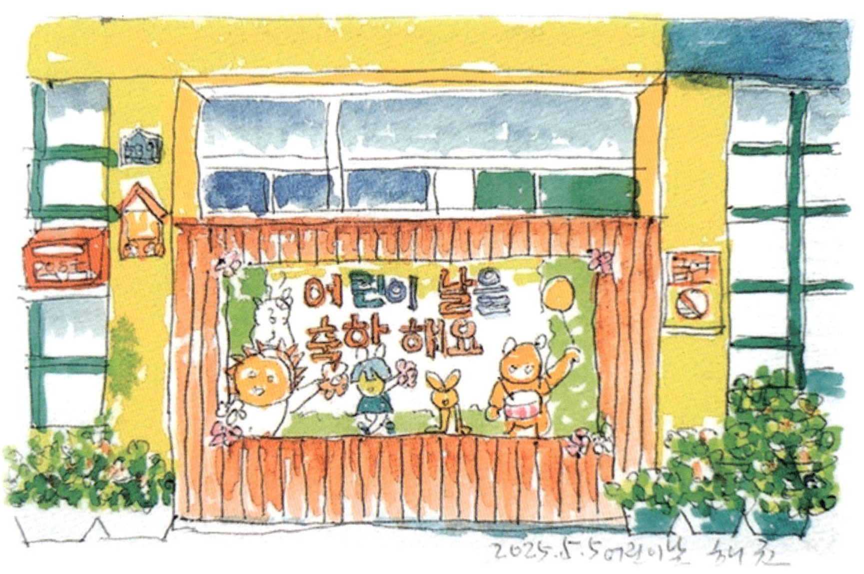

어린이날, 석가탄신일, 거기에다 아버지의 기일이 겹친 날이다. 때마침 연휴라 딸과 외손주들이 내려와 함께 제사를 올렸다. 영문도 모르는 아이들은 상을 바라보며 우리를 따라 연신 절을 한다. 한 세대가 가고 오는, 세월이 이렇게 빠르다. 날씨도 궂고 어디 나들이 갈 처지가 아니므로, 딴은 작업할 게 많아 집을 나선다. 날씨만 좋으면 함께 봄나들이라도 가고 싶은데, 조그만 봉투만 식탁에 올려놓고 조용히 집을 빠져나온다. 봉투에 이렇게 썼다. '사랑하는 이한이, 이서야 어린이날을 축하한다. 무럭무럭 잘 자라거라.' 이렇게라도 하고 나오니 다소 마음이 놓인다. 딸에게 문자를 보냈다. '넣어 둔 용돈으로 아이들과 쇼핑하고 장난감이라도 사 주렴, 함께 놀아주지 못해 미안 하구나.' 힘든 육아에 피아노 독주를 앞둔 딸이 과제처럼 엄습한 일들로, 매우 피곤할 것 같다. 부모 마음도 다를 수 없다. 천천히 세류동 길을 걸어가는데 어린이집 앞에 "어린이날을 축하해요."라는 예쁜 현수막이 걸렸다. 지나가는 사람이 중요한 날이나 계절마다 바뀌는 이 어린이집의 멋진 그림에 흐뭇해 할 것 같다. 다시 수원천을 걸으며 나날이 푸른 버들잎과 활력있는 냇물을 바라본다. 지나치기엔 너무나 아까운 시절이다. 이 봄에 운명하신 부모님의 복받치던 슬픔을 건너 새싹 같은 아이들이 자라난다. 희망이요 기쁨인 어린이가 가장 아름답다. 꿈을 이룰 미래이기 때문이다.

2025. 5. 5.

지동시장이 보이는 수원천

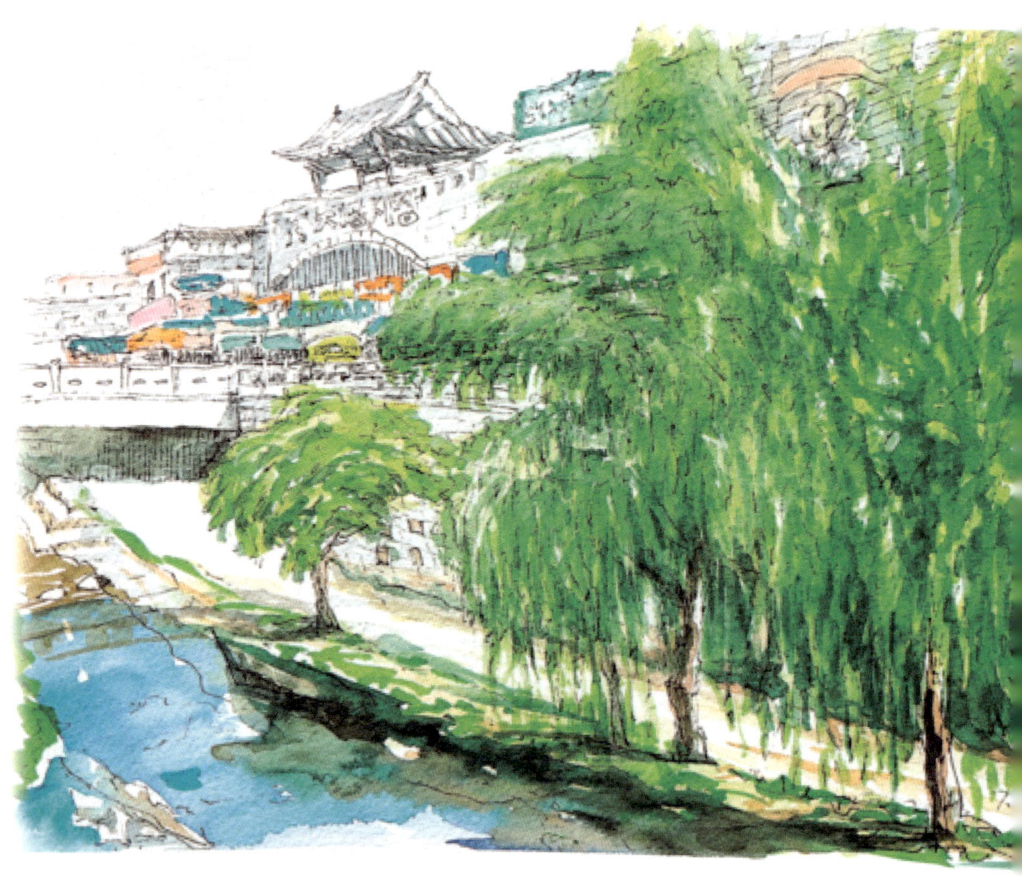

들판엔 모내기가 한창이다. 논물 속의 개구리처럼 봄비가 울고 가더니 눈부시게 개었다. 신록은 봄의 가장 선명한 대명사, 향수 적인 시어들과 옛 노래가 버들피리처럼 유려하다. 잎들은 윤기가 흐르고 동구 밖 과수원길 아카시아꽃이거나, 찔레꽃 붉게 피는 남쪽 나라 내 고향이라는 꽃의 제전이다. 오월의 크리스마스인가. 감사하는 누군가에게 선물하고 싶은 계절, 난초 돋아난 토담 가에 앉아 옆집 동무랑 감꽃 목걸이 만들던 추억도 생각난다. 이런 시조를 보았다.

> 시든 감꽃 목걸이 담 위에 걸어놓고
> 탱자꽃 시린 오월 해맑은 하늘길로
> 뉘 모를 물안개 속을 돛단배 가듯 간 이
>
> — 김연동,「감꽃 목걸이」

일전에 교탁 위에 카네이션 바구니가 놓여있어 깜짝 놀랐다. 알고 보니 도서관 사서로 근무하며 야학하는 J님의 마음이었다. 리본에 새긴 '고맙습니다'라는 글은 더욱 따뜻했다. 어떤 반은 향기로운 카네이션에 생크림이 가득한 케이크를 모두가 나눠 먹게 하여 축제 같았다. 가족에게도 흔치 않은 일이라 감동이다. 무엇으로 답해야 할지 부담이지만 참 아늑한 세상이다. 오월은 기념일로 가득한 은혜의 날들이다. 신이 주신 꽃과 싱그러운 신록만으로도 축복이 충만한 계절, 수원천을 거닐며 다리 아래로 흐르는 아련한 봄을 바라본다. 수원천 건너 지동시장 추억의 장날 만두도 그립고, 긴 줄 선 통 큰 칼국숫집에서 콩국수 한 그릇을 먹고도 싶다. 송학 다방에서 낭만적으로 커피 한잔 마실까.

2024. 5. 12.

창용문 옆 카페
— 로스 안데스

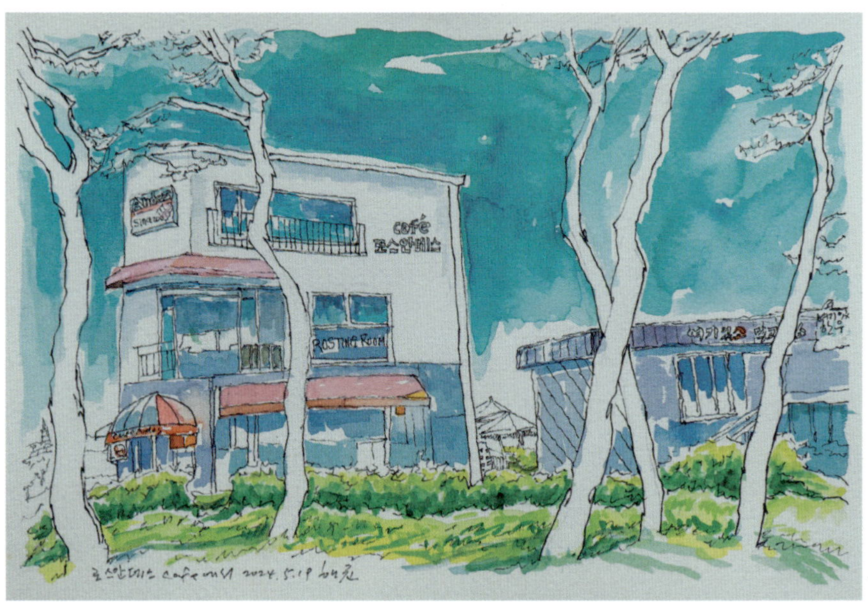

계절은 밤비처럼 고요히 또 한 장면을 옮겨간다. 자줏빛 오디가 땅바닥에 낭자하고 붉게 타오르는 장미는 봄을 전송하고 있다. 동문 언덕길은 동화책을 펼쳐놓은 듯 아기자기한 카페가 어깨동무하고 있다. 봉돈 앞 파란 대문 담장 위에 흐드러진 분홍 장미가 흐린 시야를 선명케 한다. 어반스케쳐들이 그림을 그리고, 화사한 드레스에 추억을 담는 오월의 신부가 청초하다. 창용문 잔디밭을 마당처럼 들여놓은 한 카페가 눈에 들어왔다. 주인장은 틈 없는 분주함에 고객과의 소통을 간결하게 통제했다. 나는 볼리비아 드립 아메리카노를, 동행자는 과테말라 디카페인 냉커피를 주문했다. 중남미를 두 달 정도 여행한 추억이 있어 몇 가지 들추었으나 받아치듯 빠른 단 답이 고달픈 갈증으로 돌아왔다. '영혼을 빗질하는 소리'라는 주인장의 책을 발견하여 훑어보았다. 광고 카피라이터로 일하다가 안데스 음악에 심취하여 10여 차례 남미 음악 여행을 다녀온 것, 삼포냐 강습을 매주 한 번 하고 봄·가을 안데스음악회를 연다는 정보를 편집이 잘 된 그의 책과 포스터에서 얻을 수 있었다. 악기와 의상 등 남미 소품들은 과하지 않았지만, 기계적 소통은 소프트한 공간이 필요해 보였다. 부에나 비스타 소셜클럽의 마니아들처럼 좋아하는 것을 함께 좋아하고 새로운 도전에 임할 때, 진정한 행복이 있지 않을까. 상상력이 실제의 삶과 결탁하는 순간 의미를 상실하는 이율배반을 나도 느끼며 인생을 자라왔기 때문이다.

2024. 5. 19.

시대의 유산
— 수원의 헌책방 오복 서점

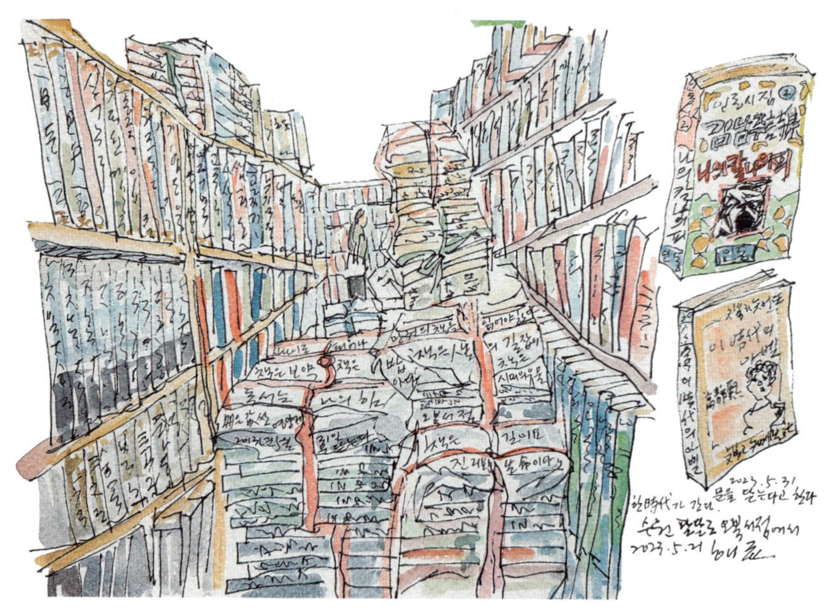

"장미여, 오 순수한 모순이여, 수많은 눈꺼풀 아래 누구의 잠도 아니라는 기쁨이여!"

라이너 마리아 릴케는 생전에 자신의 묘비명을 이렇게 썼다. 타오르는 장미는 벌써 봄을 전송한다. 이즈음 나는 어반스케치 수강생들과 향교로를 걸으며 카페 시인과 농부까지 산책한다. 그냥 눈 산책이고 종점 시인과 농부에서 스케치하는 봄나들이다. 오랜만에 수강생들과 오복서점에 들렀다. 지하로 내려가는 계단이 조각가 류인전을 보러 갔던 인사동의 한 갤러리처럼 긴장감이 있다. 그런데 계단 벽에 '5월 31일 오복 서점은 문을 닫습니다.'라는 안내문이 걸려있다. 자주 이용하는 건 아니지만 어떤 내적 쉼터를 잃은 것 같은 허전함이 몰려왔다. 1990년 문을 열었다니 33년째다. 행궁 앞 여민각 건너편에서 시작했는데 광장 조성으로 수용되자 19년 전 지금의 장소로 옮겨온 것이라고 안정철 사장님은 지그시 얘기한다. 아날로그적 책의 유산이 한 시대를 마감하는 느낌이다. 나는 이곳에서 희귀한 시집들을 발견하여 흐뭇한 적이 많았다. 오늘 획득한 누렇게 무르익은 시집 두 권은 이 서점의 마지막 유물이 될 것 같다. 1988년 판 김남주의 『나의 칼 나의 피』, 고정희의 『이 시대의 아벨』 1984년 판이다.

아, 나의 소박한 황금빛 이삭줍기는 봄날의 꿈처럼 지나가는구나.

2023. 5. 21.

오래된 카페
— 시인과 농부

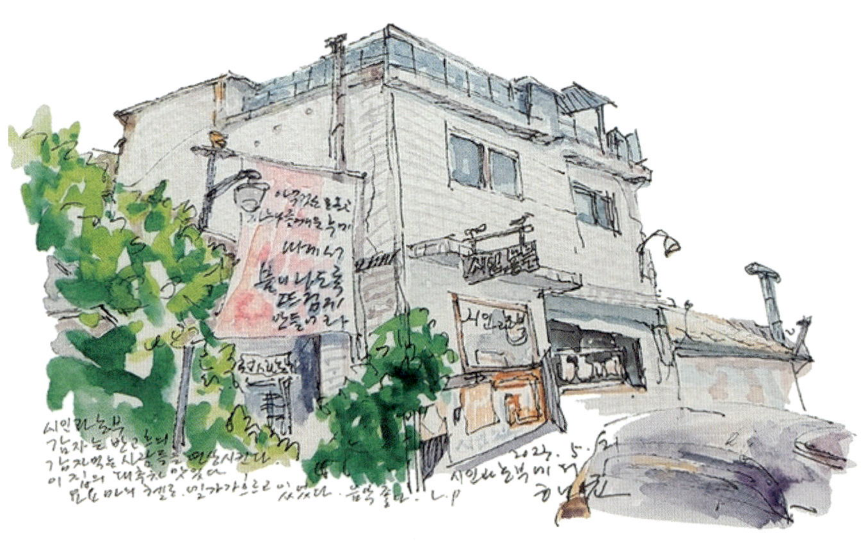

한때 불의의 외출로 피폐했던 시절, 시달리는 마음을 다스리려 이곳에 오간 적이 있다. 나의 고해를 엿들은 주인장이 배웅하며 대추차 한 팩을 건네준 기억이 난다. 켜켜이 쌓인 방명록, 저마다의 사연이 포스트잇에 빼곡 매달렸다. 가끔 시 낭송회와 그림 전시도 하지만 입구에 "어서 오세요, 벗어 놓으세요, 당신의 슬픔을 여기서는 침묵하셔도 좋습니다."라는 문구가 의미를 정당화하고 있다. 휴일에 어반스케치 팀과 함께 왔다. 쥔장은 여전히 청색 원피스에 중절모를 썼다. 요요마의 첼로 엘가가 도입부부터 현을 떨며 LP판을 타고 흐른다. 세르지오 토피의 펜화 자켓에 담긴 Toppi's Ladies가 이어서 흘러나온다. 째즈의 우아한 우수가 메디슨 카운티의 다리의 끈적한 분위기를 소환한다. 질그릇은 삶은 감자를 담았고, 얼음 보숭이에 뽀얀 식혜도 놓였다. 정물을 그리며 모두 감자를 먹는다. 고흐의 감자 먹는 사람들을 보는 듯하다. 도기 찻잔에 가득 담긴 수제 대추차도 깊은 맛이다. 음식을 매개로 한 담소는 무엇보다 생기가 있다. 삶의 구성이 의식주라면 누군가와 함께 차한 잔을 나눈다는 것은 가장 구체적인 인생의 향기가 아닐 수 없다. 수십억이 살아가는 이 세상, 그중에 당신 앞의 단 한 사람. 지금이 무엇보다 소중한 이유다.

2023. 5. 21.

오월의 장미

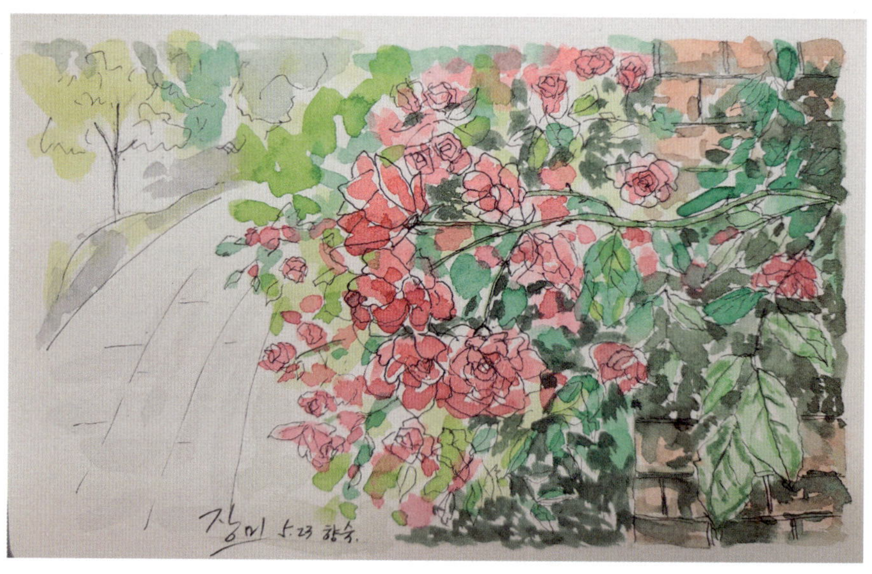

　작약, 모란, 양귀비꽃, 그리고 장미꽃이 마지막 오월을 피운다. 추억 맺힌 감꽃과 뽕나무의 오디도 고향 같은 향수를 담아온다. 계절 음식처럼 계절 꽃을 그린다. 많은 화가가 한 번쯤 장미꽃을 그렸고 시인은 시를 썼다. 로즈 바이올렛색이 있지만 장미는 빨간색이 매력이다. 요즘은 흰색, 상아색, 핑크색 등 다양한 장미가 있다. 보기보다 장미 그리기는 쉬운 게 아니다. 빨간 꽃과 녹색 잎이 뚜렷하게 강한 보색이기 때문이다. 사람도 사물도 너무 강한 것의 조합은 결합이 쉽지 않고, 개성도 서지 않는다. 조용한 성격의 권 향숙 님은 교실 사람이 잘 모를 정도로 정숙한 분이다. 드러나지 않지만, 그의 그림은 잔잔하게 성장하고 있다.
오늘 스케치는 수채화같이 맑다. 노란색 연두색 녹색으로 이어지는 흐
름도 고상하고, 채도가 엷고 여리기도 한 빨간색의 운용도 그렇다. 그
만의 색을 보유하며 꾸준히 가꿔, 그의 내면이 아름답게 차려지길 바란
다. 들장미, 넝쿨장미는 대문과 담장을 넘으며 새 길을 개척하고 있다.
유월이 오면 장미도 걷히고, 미라처럼 인조 장미만 우두커니 남을 것이
다. 그럴까? 문득 이런 시가 생각 난다.

통과해야만 할 아득한 봄날의 시간이
저 밖에 선혈처럼 낭자하다.
베란다 앞 낮은 산을 뒤덮으며
패혈증처럼 숨 가쁘게,
어질어질 피어오르는 진달래
……
닫혀 버린 집안 한구석에서
인조 장미 몇 송이가
무게도 없이 깊이깊이 가라앉는다.
— 최승자, 「아득한 봄날」 중에서

2025. 5. 23.

별을 심는 농부
― 칠보산 도토리 교실

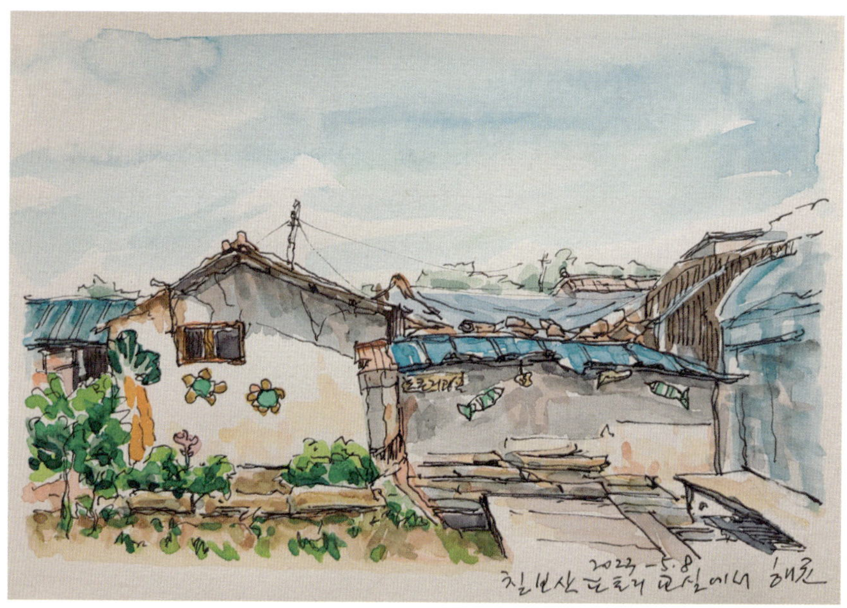

　칠보산은 멸종위기 야생식물 2급으로 지정된 다년생 식물 칠보치마의 자생지이며 개구리알을 볼 수 있는 습지를 품고 있다. 또한 산자락 메타세쿼이아 숲과 황구지천을 거느린 그린벨트로 인해 아직 전원 풍경이 살아있는 곳이다. 오래전 나는 칠보산 자락에서 도토리 교실을 만났다. 기울어진 낡은 한옥이었다. 이곳의 마을 공동체는 환경운동과 시민 농장을 일구며 주민들과 야학까지 하는 사랑방으로 존재하고 있었고 환경을 주제로 전시를 하기도 했다. 필자도 참여한 적이 있는 아주 재미있는 공동체였다. 이런 도토리 교실을 15년 넘게 이어오고 있는 이가 자작나무라고 불리는 이진욱 선생이다. 그는 대기업에서 중견 관리자로 근무하였으나 천성이 자연인이라 사직하고 이곳으로 거처를 옮겼다. 대학에서 문학을 전공한 그는 신춘 문예 작가이기도 한 시인이다. 수행자이거나 구도자처럼 도시 농부의 길을 가는 그의 미소가 늘 신선하다. 그를 따르는 자연 속 아이들과 도시 농부들과 텃밭을 일구며 생태 글쓰기, 자연물 목공 교실, 숲 생태프로그램도 하며 까망이(흑염소) 몇 마리와 청계 몇 마리와 토끼들과 함께 살아간다.

　"봄이 오면 땅을 일구고 밤하늘 빛나는 별을 심는다. 아주 먼 곳에서 가져온 오랜 씨앗을 파묻는다"라고 쓴 그의 시집, 『별을 심는 농부』처럼.

2023. 5. 29.

월화원에서

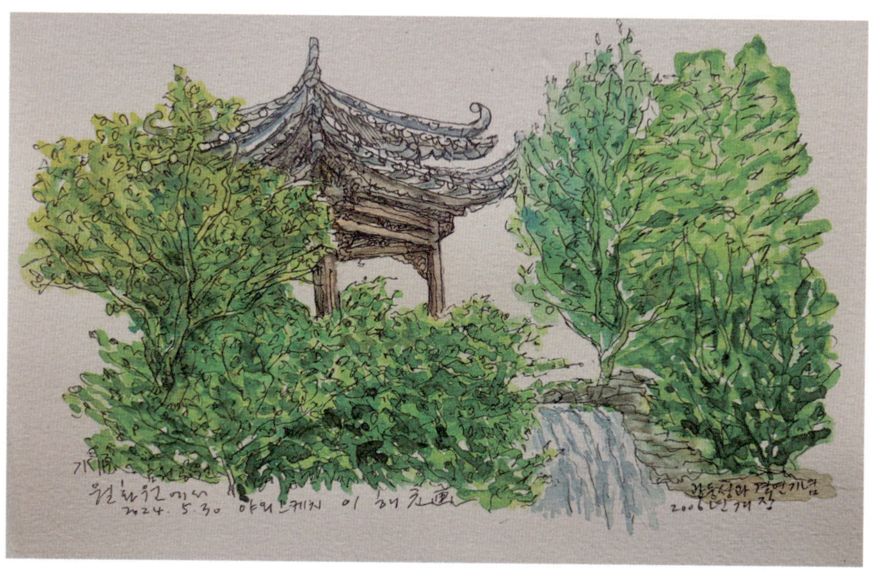

담 아래 앵두가 빨간 옥구슬처럼 맺혔다. 먼 야생의 두메 별꽃이 유월을 전한다. 고귀하고 경이로운 추억의 무늬를 새기며 계절은 반환점을 돌았다. 중간고사를 치듯 지난 반년을 정리해 본다. 찰나에서 영원까지 작은 꿈도 커다란 동심원을 그린다. 오월의 마지막 사생은 효원공원 월화원에서 마쳤다. 소풍처럼 즐겁게 마지막 봄을 저마다의 느낌으로 채색했다. 짧지만 집중의 행복이 보인다. 아름다움은 바라보는 눈이 그립고 맑기 때문이듯 행복은 그것의 지향점이 즐겁고 자애롭기 때문이 아닐까. 월화원은 중국의 광둥성과 경기도가 2003년 우호 교류 협약을 체결하여 한국과 중국의 전통 정원을 상대 도시에 짓기로 한 약속의 산물이다. 2006년 4월 문을 열었다니 벌써 오랜 세월이 지났다. 나도 작년에 알게 되었고 수강생들도 모르고 있는 분이 대부분이다. 늘 일상의 범주에서 살아가는 일들이 야생의 근원적 습성을 잊고 있는 이유일 것이다. 중국의 전통 양식 이화원을 연상케 하는 작은 회랑과, 폭포와 연못, 등이 휴식하기 좋은 공간이다. 광둥성에 조성되었다는 우리나라 소쇄원을 본떠 만든 해동경기원을 상상해 본다. 소쇄원의 선비적 풍경이 나는 좋다. 안이 보일락말락 한 담 안의 선비는, 바깥세상을 오직 학문의 힘으로 소통하며 넓은 이상의 공간을 들여놓는 여유 때문이다. 유월, 시냇가 녹음에 일렁이는 바람을 그린다. 창포 향 그윽한 그대의 초록빛 눈동자 같은.

2024. 5. 30.

고화로 20번길

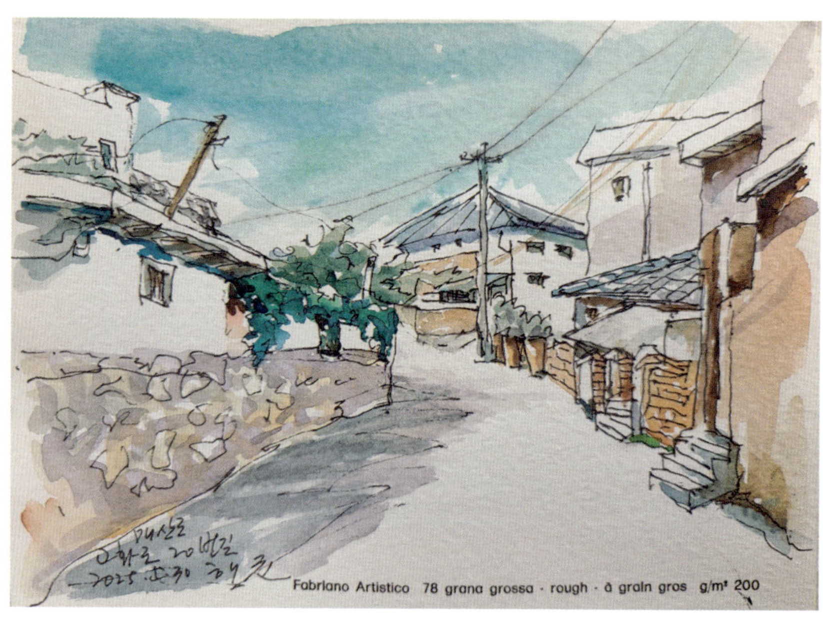

공고
오늘 강사진
음악 부문
모리스라벨
미술 부문
폴 세잔느
시 부문
에즈라 파운드
모두 결강

김관식, 쌍놈의 새끼들이라고 소리 지름, 지참한 막걸리를 먹음.
교실 내에 쌓인 두꺼운 먼지가 다정스러움.
김소월
김수영 휴학계
…브란덴브로그 협주곡 제3번을 기다리고 있음….

명동 백작의 주인공들은 궁색해도 기품이 있다. 이봉구나 김수영은 더욱 백작다운 품위를 지켰다. 김종삼의 시인 학교 멤버도 부문별 거장의 멋이 있다. 공초 오상순이 종일 담배를 꼬나물고 있는 모습, 대한민국 김관식은 술 마시며 놀다가 일찍 갔다. 그는 최소한 쩨쩨하지 않고 예술가로서의 끼와 주당의 자존심을 굴하지 않았기 때문이다(?). 그것이 그의 예술이었던 고뇌와 헌신 그 이상의 까닭이었을 것이다. 고등동과 화서로를 잇는 고등동성당 근처 고화로에서 오래된 골목을 발견하였다. 돌담길 추녀에서 햇빛을 가린 채 그림을 그리다가 문득 버려진 벽시계와 온도계를 누군가가 옹벽에 걸어놓은 걸 발견했다. 초침은 움직이고 있었으나 그 자리를 벗어나지 못하고 분침과 시침은 멈춰있다. 어떤 벽 아래엔 초록의 박하가 자라고 있는데 그 위에 호소문을 매달아 놓았다. ‘나도 살고 싶소! 자르지 마시오, 내 이름은 박하라오.’ 시간은 보이지 않지만 겸손한 척 힘이 세다. 한 시대를 바꾸고, 뒤집고, 지고 나는 힘이 있다. 고약하지만 그것은 과거까지 남겨둔다. 나는 네가 지난 여름에 한 일을 알고 있다.

2부 아름다운 버드내

안다미로

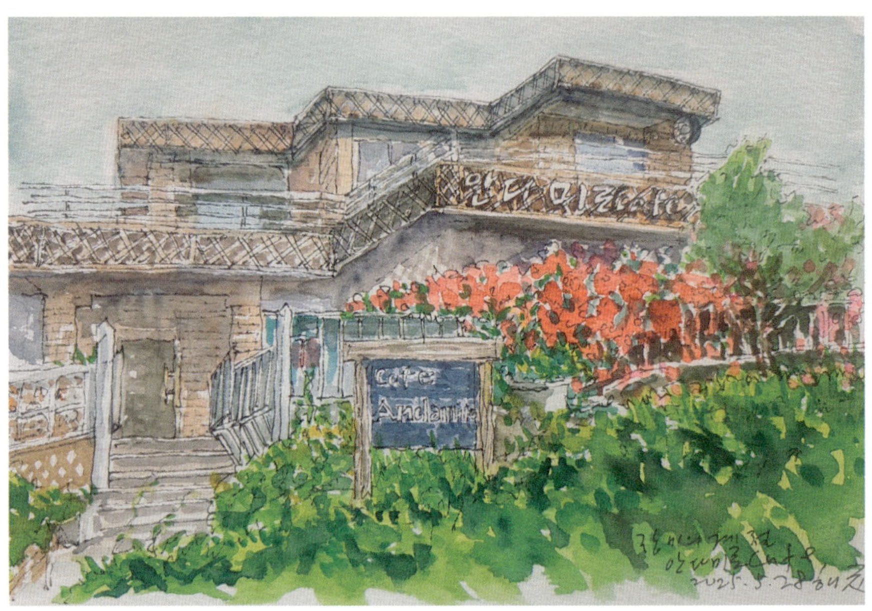

어머니는 손님상에 항상 고봉밥을 올리셨다. 도시인들의 세련된 공기에 비해 월등히 큰 사발 그릇이 나는 늘 불만이었다. 훗날 사촌 형수가 된 예쁜 누나가 우리 집에 올 땐 더욱 고봉밥이 민망했다. 하지만 형수 누나의 밥 먹는 모습은 이 세상에서 서너 해를 넘기지 못했다. 안다미로는 넘치도록 담는다는 순우리말이라고 한다. 솟아오른 고봉밥이 하늘 가신 어머니의 불문율 같은 범절임을, 밥그릇이 삶을 담보하는 인생의 경전이었음을 세월이 가파르게 흐른 후에야 깨닫는다. 팔달산 허리의 전망 좋은 카페 안다미로는, 낮 달맞이꽃 무리가 물 마신 노랑 병아리 하늘 보듯 반겼다. 붉은 장미는 정염을 불태우듯 카페의 뜰을 온통 휘어 감고 사바의 중생을 측은히 굽어보고 있다. 2층 방엔 낙엽 지던 가을과, 창밖의 바람이 윙윙 울고 가던 그 겨울의 추억이 묻어있다. 스케치가 끝나고 정성스레 만들어온 김밥을 나누어 먹는다. 삶을 엮는 각자의 방식은 늘 유대적이고 봉사적이고 맑다. 단오 지나 노랑꽃창포가 물가에 피어났다. 여름이 무르익는 유월은 준비 없이 미련 없이 매우 불친절하게 건너왔다. 인생이 여행이라면 뭉게구름 핀 여름은 또 어떤 길일까. 김종삼 작사 시인학교에 곡을 붙여, 찌그러진 양은 냄비를 두드리며 막걸리를 마시고 싶다. 레바논 골짜기 칼릴 지브란의 집에서 하늘에서 유람 온 괴짜 시인 김관식이 쌍놈의 새끼들이라고 소리 지르는.

2025. 6. 4.

접시꽃 필 때

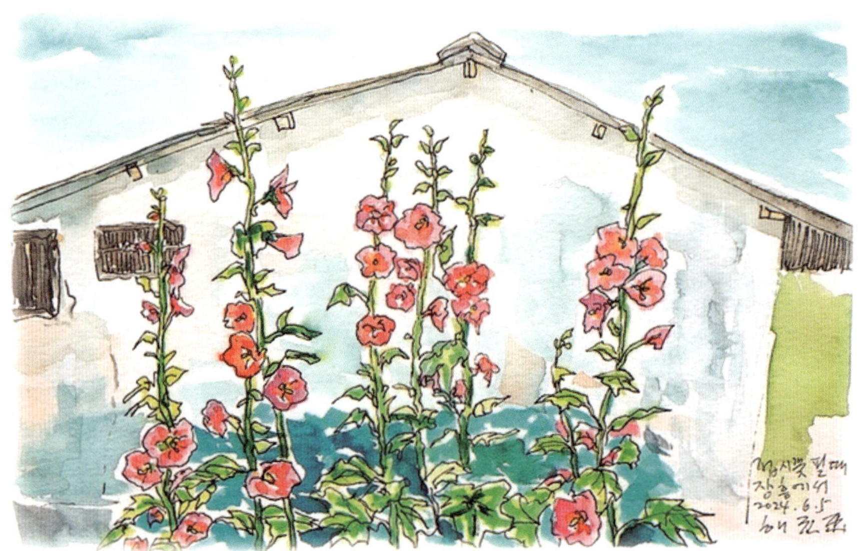

남도 여행을 나섰다. 남쪽 바다 먼 장흥문화예술회관에서 전시하는 박진화 작가의 전시를 보기 위해서다. 칠월에 해움미술관에서 함께 전시하기로 한 나종희, 송창, 이흥덕 작가가 동행했다. 내 차를 직접 운전하여 여행하기는 참으로 오랜만이다. 가는 길에 영암에 들렀다. 47년 만에 고향을 찾은 김준권 작가의 판화전이 열리고 있어 서다. 하정웅미술관이라는 이 지역 연고 작가의 상설 소장전도 볼 수 있었다. 부럽다. 유명 작가가 되어 고향에서 전시하는 작가들, 금의환향 전이다. 차한잔 나누고 다시 장흥으로 향한다. 언덕 위의 미술관엔 박 작가가 기다리고 있었다. 대형 작품들이 시선을 끌었다. 좋은 작품의 여운을 담아 작가가 안내하는 시내의 한 식당으로 향한다. 여름 보양식이라는 갯장어 하모가 나왔다. 남도의 상차림이 넉넉하고 맛깔났다. 작가가 마련해 놓은 숙소에서 말 보따리를 풀었다.

고등학교 미술부 시절 애기가 화두였다. 작가의 후배가 들려주는 무용담 같은 학창 시절의 이야기는 여름밤을 더욱 깊게 했다. 술안주는 고향이야기로 충분했다. 예술은 내가 내게 빠져들어야 관객도 내게 빠져드는 것, 나의 그림은 전혀 다른 곳에서 나를 바라본다. 피할 수 없는 그 불편함으로 다시 붓을 잡는다. 해장국집으로 가는 길에 접시꽃 한 무더기가 단아하게 피어있는 작은 뜰과 마주했다. 여름이 익어가고 있다. 접시꽃, 내 안의 그대가 분홍빛 수액으로 스며든다.

2024. 6. 5.

농섬이 보이는 바다

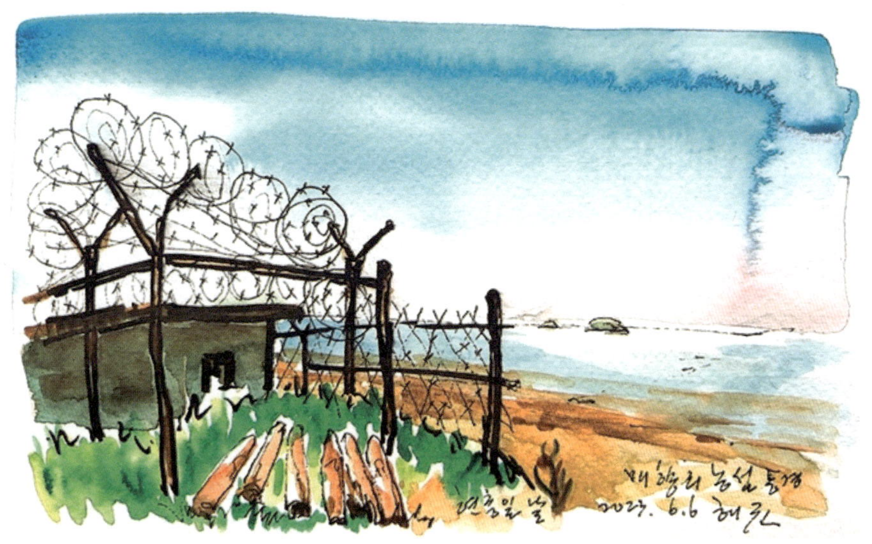

농섬은 한국전쟁 중이던 1951년부터 2005년까지 54년간 주한 미 공군 전폭기들이 하루에도 수십 번 폭격 훈련을 한 곳이다. 매향리 사람들은 아직도 이곳을 고온리古昷里 라고 부르고 있는데 여기에는 미군들이 고온리를 영어로 발음을 옮기다가 변형된 쿠니Koon-ni 사격장이 있던 곳이다. 불발탄 폭발, 오폭 등의 피해로 끊임없는 저항이 반복되던 곳. 주민들의 머리 위엔 항상 고막을 찢는 전폭기 소리가 밤낮을 가리지 않았으니, 전쟁이 끝난 듯 평화를 찾은 기분이리라. 부근엔 유소년 야구장 드림파크와 평화공원이 조성되어 있다. 공휴일이라 그런지 평화역사관은 닫혔다. 하지만 외부엔 사격장에서 수집한 무수한 포탄들이 쌓여있고 벽화와 조형물이 설치되어 있다. 오랜만에 갖는 휴일이라 더욱 편안한 마음으로 평화생태공원을 산책한다. 눈부신 윤슬이 반짝이는 바다에 농섬이 바라다보인다. 오래전에 왔을 땐 처참하게 찢기어 맨살을 드러냈는데 폭격이 멈춰진 후, 숲이 덮여 상흔이 아물어가고 있다. 다양한 식물이 자연을 들썩이는 습지도 생기가 넘친다.

이곳엔 의미가 다른 평화의 소녀상이 농섬을 바라보며 서 있다. 기념비엔 이렇게 새겨있다.

"바다를 메우던 그 숱한 아픔을 위로합니다. 인간다운 삶을 간구한 모든 마음과 함께합니다. 폭격 소리 사라진 마을에 매화 향기 퍼져나가고 다시 풍요의 이야기가 전해지기를 소망합니다."

2023. 6. 6.

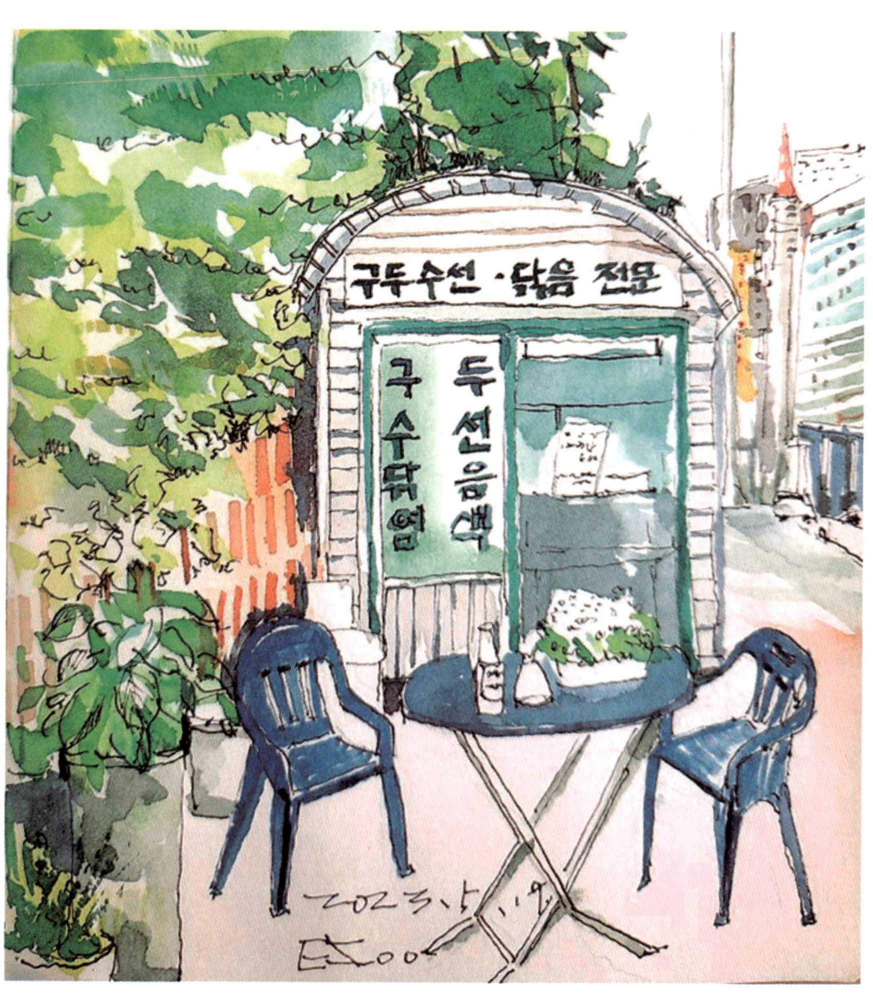

구두수선 · 닦음 전문
구두수선염
두선음색
2023. 11. 12

구두 닦는 회사

붉게 타오르던 장미도 시들고 계절은 다시 여름으로 치닫는다. 끊임없이 길을 찾는 담쟁이넝쿨이 온 벽을 초록으로 휘감고 있다. 그 아래 가건물 하나가 있고 파란 의자와 꽃 한 접시가 놓인 원탁이 있다. 셔터가 내려진 건물 앞에 쪽지 한 장이 붙어있다. '매주 월요일 목요일 이틀만 영업합니다. 불편하게 해 죄송합니다. 최선을 다하겠습니다.' 수원 매교동 한전 울타리 앞에 있는 구두닦이 회사다. 구두닦이 회사는 사장님만의 고유명사다. 이곳을 매일 지나며 참 여유로운 공간이라 생각했는데 이번 달을 끝으로 문을 닫는다고 한다. 한전 공사 때문이지만 어차피 구두에서 운동화로 바뀌어 가는 신발 문화의 흐름을 견딜 수 없는 상황이었다. 임대료가 연 100만 원이라는데 요즘 수입은 월 30~40만 원을 넘기기 어렵다고 한다. 1년을 꼬박 모아도 직장인 한 달 월급밖에 되지 않는다. 그래도 45년 청춘을 건 생업 내려놓기를 사장님은 무척 아쉬워하신다. 고향 친구는 창피해 못 만났지만, 이곳에서 희로애락을 나누던 친구들은 잊을 수 없단다. 초창기엔 직원을 두 명이나 고용했었다고 하는데 멀리 부산과 서울에서도 구두 참 예쁘게 닦았다고 지나는 길에 다시 들린 단골들이 눈에 맺힌다고. 정겨운 사람들과 함께한 세월에 가치를 둔 사장님의 목소리가 허전하다. 이 추억 깃든 공간을 오늘은 수강생 한이수씨가 그렸다. 그녀의 필력이 초록빛 여름처럼 점점 짙게 번진다.

2023. 6. 7.

H의 망중한
— 청남대에서

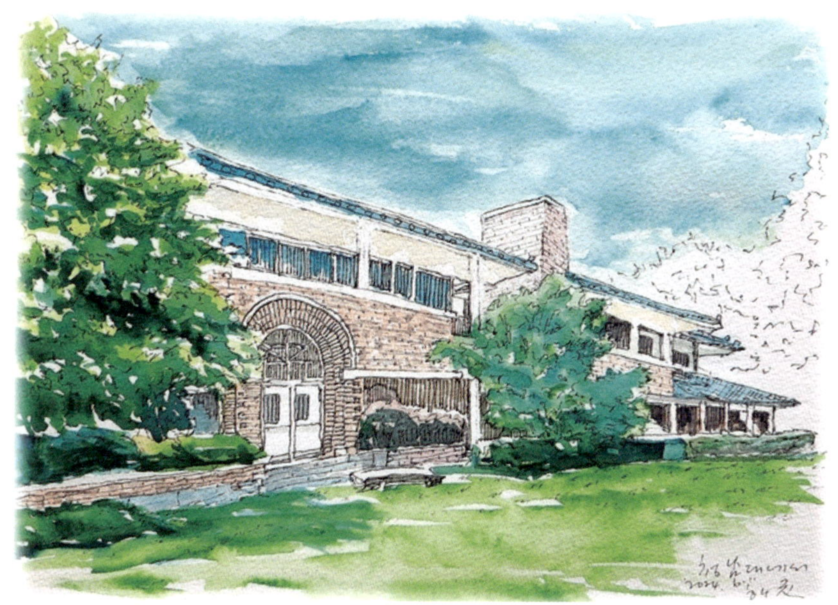

산골 소년으로 자란 나의 꿈은 여행가였다. 파란들 남쪽에서 바람이 불고, 찔레꽃 복사꽃 핀 봄은 무엇이고 그리웠다. 온통 산으로 둘러싸인 마을은 해그림자도 일찍 졌다. 문지방에 걸터앉아 생각에 빠질 때가 많았다. 산 너머엔 누가 살까, 남풍 불어오는 그곳을 오래도록 바라보았다. H는 여행을 그다지 좋아하지 않았다. 나는 수많은 편지를 여행 얘기로 채워 보냈다. '휴일이면 자전거를 타고 이슬 맺힌 풀잎 길을 함께 달려요, 나의 고향은 아름다워요, 가을이면 홍시가 온 마을을 붉게 사르고, 망개나무잎 푸른 산자락에서 여치 소리 들으며 헤르만 헤세를 읽을 수 있지요.' 그러나 현실은 늘 혼자다. 여행도 혼자고, 식사도 혼자고, 생활도 혼자다. 이젠 동행의 설득도 포기했다. 인생관과 환경이 다르고 삶의 방식이 다름을 인식하며 산다.

동네 새마을 금고의 인재개발원 견학에 초청받았다. 일정에 청남대 견학도 있어 나섰다. 대청호의 맑은 물과 아름다운 숲은 데이비드 소로우의 월든 호수가 연상되는 산책길이다. 무엇보다 세상에서 가장 바쁜 H가 동행하여 즐겁다. 처음 나의 고향에 온 그때, 반딧불이 날고 물소리 들으며 별이 쏟아지는 여름밤을 보냈다. 차양 모자에 줄무늬 원피스를 차려입고 시냇가 언덕에서 꼴 베던 나를 따라 나온 모습이 꿈 같았다. 장난치며 웃음 쏟으며 숲속을 함께 걷는다. 그 시절로 돌아간 느낌이다. H는 여행을 소꿉장난처럼 즐겼다. 인생이 소꿉놀이 같다.

2024. 6. 11.

유월이 가면

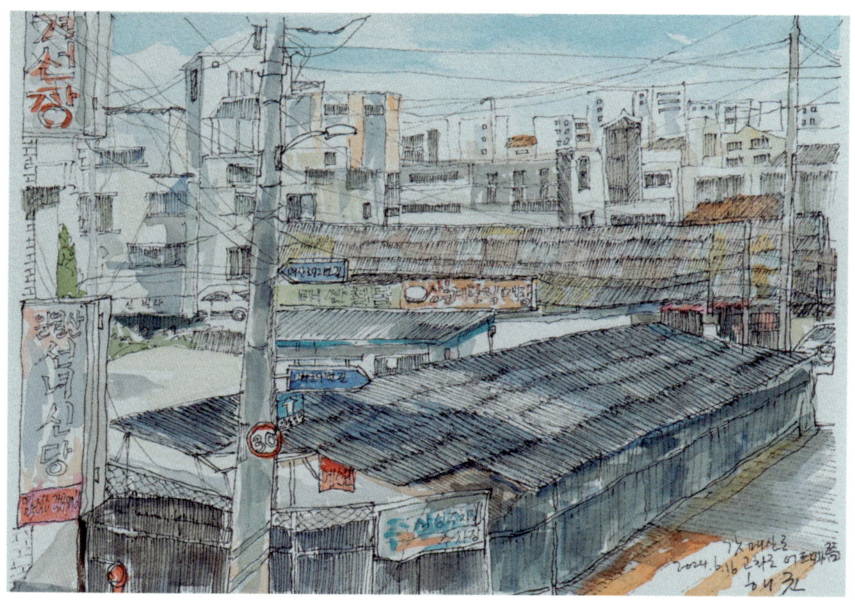

한해의 반환점을 돌았다. 준비 없이 이어진 길이다. 보잘것없어도 새 희망을 찾았으면 한다. 화려한 역전 로데오 거리 뒤편에서 느린 풍경과 마주했다. 척박한 나의 소시민적 삶에 자애로운 쉼표 같다. 철저히 자신을 가리고 사는 최승자 시인의 여운 깊은 시가 있다.

> 해마다 유월이면 당신 그늘 아래
> 잠시 쉬었다 가겠습니다.
> 내일 열겠다고, 내일 열릴 것이라고 하면서
> 닫고, 또 닫고 또 닫으면서 뒷걸음질 치는
> 이 진행성 퇴화의 삶,
>
> 그 짬과 짬 사이에
> 해마다 유월에는 당신 그늘 아래
> 한번 푸근히 누웠다 가고 싶습니다.
>
> 언제나 리허설 없는 개막이었던
> 당신의 삶은 눈치챘었겠지요?
> 내 삶이 관객을 필요로 하지 않는
> 오만과 교만의 리허설뿐이라는 것을.
> ― 최승자,「해마다 유월이면」중에서

2024. 6. 16.

봉천동 가는 길

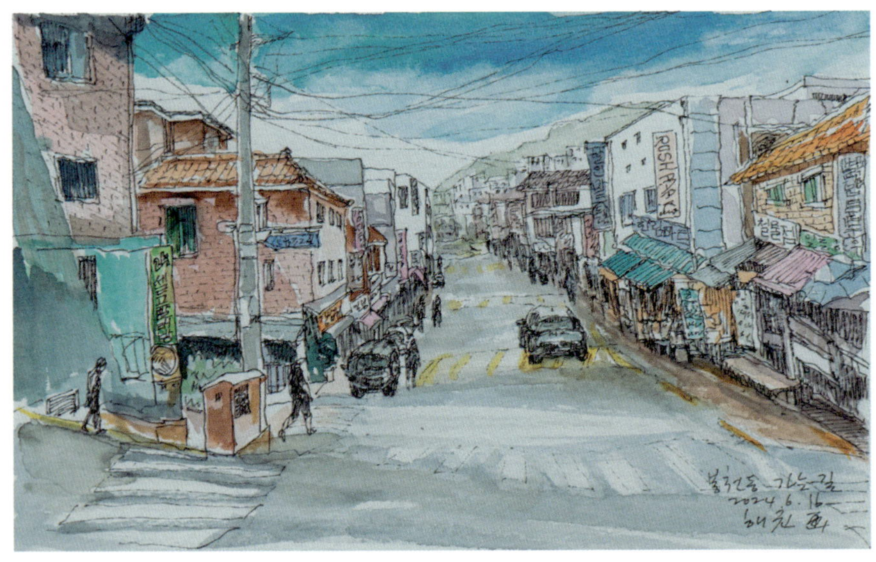

지지대 고개의 한 야외 웨딩홀에서 수강생 P님이 자식을 장가보낸다고 초대했다. 마침, 남태령 넘어 한양으로 시집간 딸을 보러 갈 겸 들렀다. 예복을 차려입은 한 쌍의 남녀가 무대 앞에 섰다. 주례사가 끝나고 신부는 부모님께 절을 올렸다. 딸을 껴안은 아빠는 눈시울을 붉혔고 엄마는 옷소매로 눈물을 훔쳤다. 아빠의 포옹은 어쩌면 처음일 수도 있다. 아빠는 무뚝뚝하여 사랑한다는 말 한마디조차 흔치 못했던 것처럼, 표현에 익숙하지 않은 채 빠른 세월을 건너왔기 때문이다.

나도 딸의 손을 잡고 단 위를 걷는 동안 수북이 흐르는 눈물을 대책 없이 질질 방류하고 말았다. 딸의 손을 사위 손에 올려놓고 나는 그를 껴안았다. 그리고 희미하지만 이렇게 말했던 것 같다. '이제 노를 자네에게 넘긴다. 큰 바다로 잘 항해하여 나가거라. 잘 살아야 한다.' 광활한 인생 무대를 열어주며 딸과 살아온 모든 추억을 떠올렸던 것 같다. 가파른 신림동 언덕을 올라 내리막길로 접어든다. 난곡이라는 애환의 판자촌은 사라졌지만, 여전히 겨울 비탈길은 어둡고 힘들었든 과거를 소환한다. 비탈길 끝 산자락에 집들이 모여 있다. 딸이 사는 곳은 봉천동의 높다란 새 아파트 단지다. 곧 아파트 현관문이 열리면 사랑스러운 나의 이란성 쌍둥이 이한이 이서가 탄알처럼 뛰쳐나와 안길 것이다. 나의 호주머니엔 아이들의 과자와 독주회를 앞둔 딸에게 전할 축의금과 격려의 편지 한 통이 들어 있다. 몇 번을 고쳐 쓴.

2024. 6. 16.

산루리
― 정다운 골목이 있는 곳

산루리는 수원화성 팔달문 밖 교동(매교동), 중동, 구천동 일대를 일컫는 일제 강점기의 옛 지명이다. 43년째 살아가는 고향처럼 정든 이곳에서 바라보고 꿈꾸고 일해왔다. 시청과 소방서, 세무서, 등 행정관서와 문화원, 시민회관, 중앙도서관 등 문화시설 및 부국원, 지석묘, 수원향교 등 문화재가 산재한 원도심이다. 하지만 시청은 오래전에 옮겨갔고 근래엔 도청마저 신도시로 옮겨갔다. 남아있는 인쇄소들이 간신히 명목을 이어 가지만 낡은 단독주택엔 노인들이 대부분이다. 그러나 천지개벽처럼 길 건너엔 대규모 아파트가 들어섰고, 최근에는 주민공동체의 거점 공간 어울림센터 등이 생겨 도시재생의 바람이 불고 있다. 나는 이 거리에서 공공미술을 매개로 한 벽화 그리기와 환경전, 마을만들기, 등 공동체 활동을 지속해 왔고 수원시 가족여성회관 수강생들과 함께 산루리 어반스케치 전시도 이어오고 있다. 거리갤러리와 부국원 전시장은 주민들의 현장 문화공간이 되었고, 골목길은 또 다른 시간의 흔적을 만들어 갈 것이다.

2023. 6. 21.

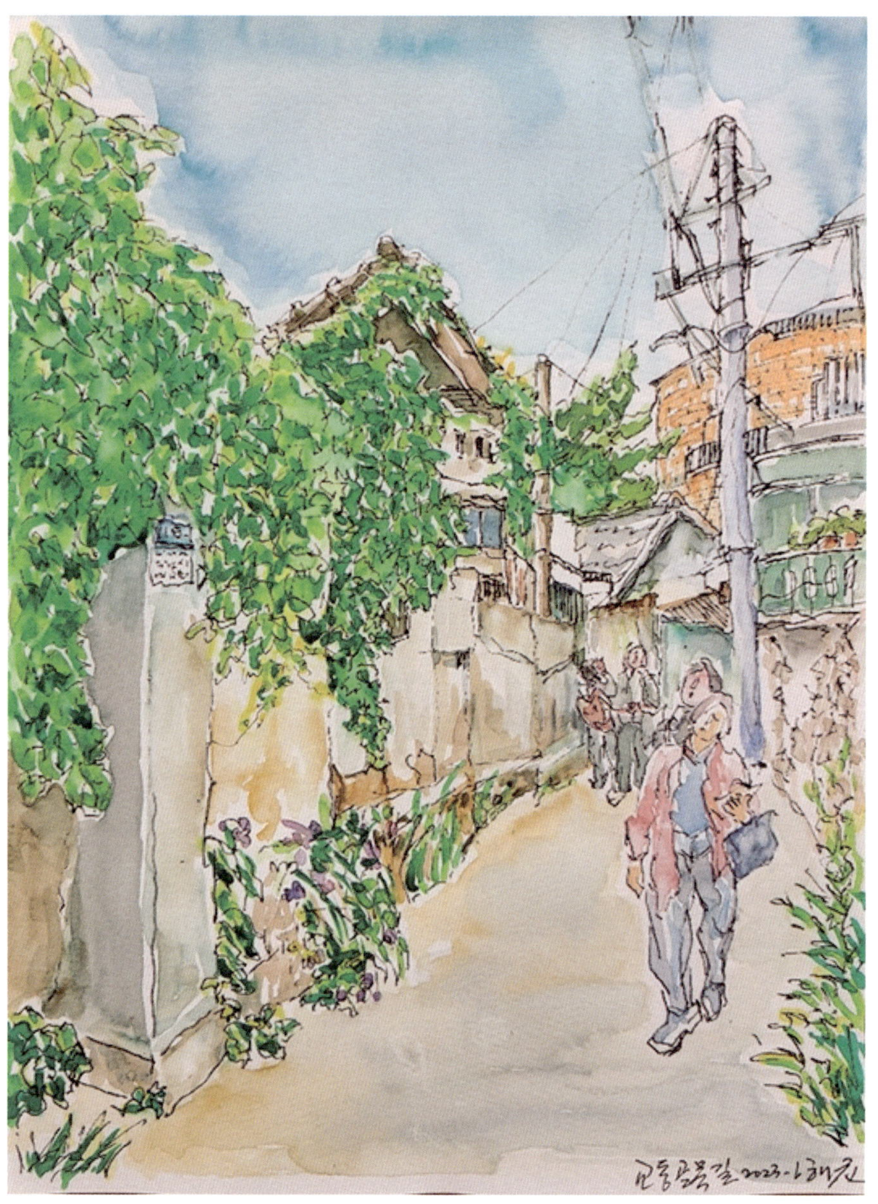

용두레 우물가

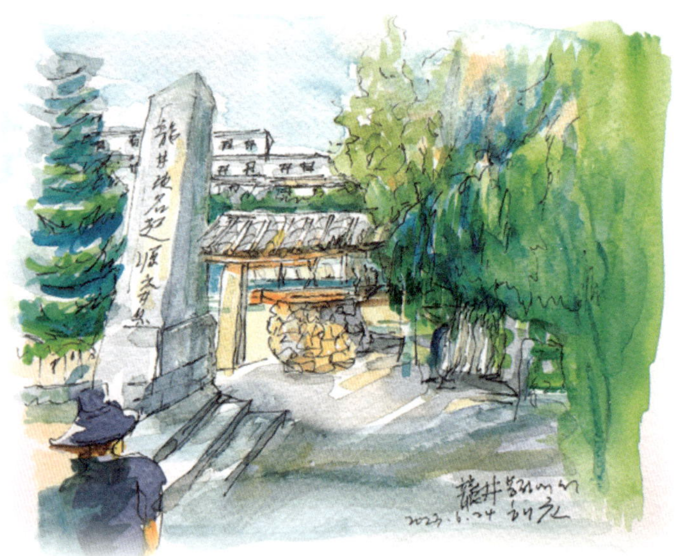

용정지명기원지정천龍井地名起源之井泉이라는 비碑가 있듯이 용두레는 조선족이 개척한 용정시의 기원이었음을 알 수 있다. 용정은 만주족이나 한족의 역사가 아닌 순수 조선족의 개척사일 듯하다. 용정시에 들어서면 용문교 아래 해란강이 보인다. 가곡 〈선구자〉에 일송정 해란강이 등장하듯 이곳은 지난날 말달리던 선구자의 본산이다. 윤동주 시인의 생가와 무덤과 소학교 중학교들이 아직 남아있다. 20여 년 전 백두산 여행을 위해 연길을 찾았을 땐 대부분 한글이 먼저 들어간 간판들이 보여 들떴는데, 지금은 한문 뒤에 한글이 간신히 기대어 있는 형국이다. 외곽엔 아예 한문으로 된 간판도 눈에 띄어 편치 않다. 연길시를 비롯한 조선족 자치구의 인구는 점점 줄어들어 약 170만이라고 한다. 그중에 70만 정도는 한국에서 살고 있다고 하니 자치구의 존립마저 위태로운 상황이다. 조선족은 관심을 줄 여력이 없는 북한과, 그다지 호의적이지 않은 한국인과, 한족으로 편입을 노리고 있는 중국인의 경계인으로 살아가는 신세가 되었다. 어쨌든 연길시나 용정시 곳곳에 조선족 자치구 창립 70년 기념 현수막이 걸려있어 그나마 위태한 마음을 달래본다. 일찍 잠이 깼다. 러시아의 백야처럼 아침이 일찍 밝아 놀라웠다. 호텔 창가 멀리 넓은 광야가 다가왔다. 문득 선구자의 노랫소리가 억센 말발굽에 휘몰아치는 환영을 본다.

용두레 우물가에 밤새 소리 들릴 때
뜻깊은 용문교에 달빛 고이 비친다.
조국을 찾겠노라 맹세하던 선구자
지금은 어느 곳에 거친 꿈이 깊었나.
— 윤혜영 작사, 조두남 작곡 〈선구자〉 중 2절

2023. 6. 24.

궁평항 낙조

궁평 낙조는 화성 팔경의 하나이다. 궁평 낙조가 아름다운 건 수평선의 물리적 공간뿐만이 아니라 생업의 고깃배들을 배경에 둔 희로애락이 있기 때문이다. 풍어의 날과 흉어의 날이 반복되는 고깃배들을 배경에 두고 붉은 노을이 물든다. 지는 것은 아름답다. 인생의 황혼도 그랬으면 좋겠다. 궁평항 주변의 해송은 생명력이 있다. 모래 위엔 사람의 힘줄과도 같은 거친 뿌리들이 꿈틀댄다. 가끔 마음을 다스리러 바다에 왔다가 더 큰 우울을 넣고 갈 때가 있다. 그래도 노을을 바라보면 생성과 소멸이라는 단순한 인생살이를 느낀다. 꽃이 피고 지는 것처럼. 밀물이 왔다가 썰물이 밀려가는 것처럼, 내일의 태양이 뜨고 또 지는 것처럼. 절망 뒤에 희망이 태어나는 것처럼.

2023. 6. 28.

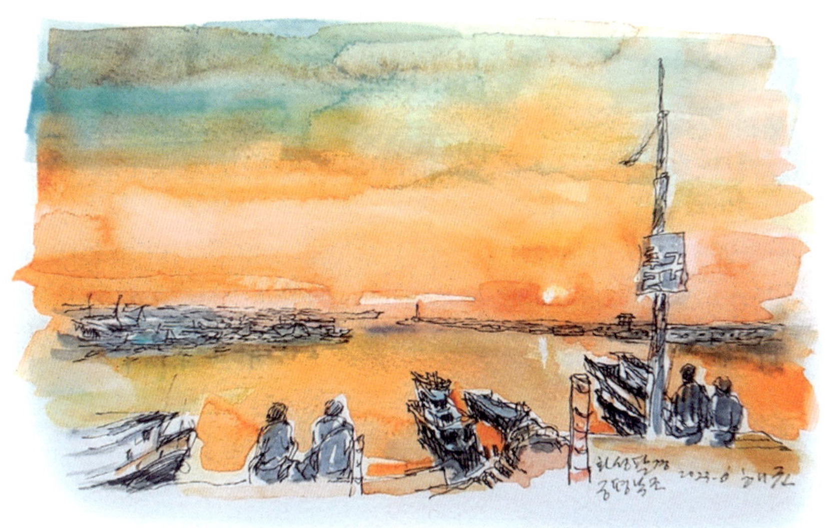

수채화처럼

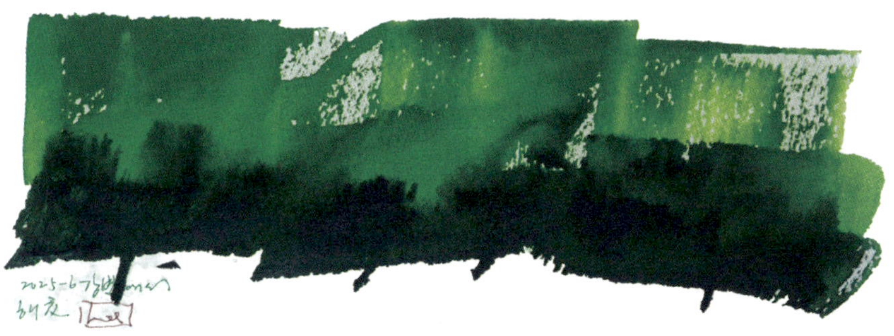

세월을 쫓다가 잃어버린 시간이 너무나 많다. 올해도 반환점을 돈다. 가파른 세월을 힘겹게 오르다가 어느새 브레이크 없는 내리막길로 들었다. 억울하지만 이미 저 아래 바닥이 바라보인다. 여름은 추억 숲이다. 경포해변의 푸른 바다와 여름밤의 텐트 속, 반딧불이 날던 마당에 멍석 깔고 밤하늘의 무수한 별을 바라보던 틴에이저 시절, 라디오는 낭랑하고 또렷했다. 이문세의 '별이 빛나는 밤에' 시그널 뮤직이 아직 귓가에 있다. 직장 생활 땐 등산팀을 만들어 리드가 되기도 했다. 그 시절 그들은 어디서 무얼 할까, 많이 보고 싶다. 인생의 가장 왕성한 시절이 여름이었다. 오늘은 행궁동 현대미술팀과 수채화를 그린다. 스펀지 붓이 흠뻑 물을 머금고, 수채화지 하얀 가슴에 깊이 스며든다. 청춘의 수액 같다. 언젠가 고등학교 미술 교사를 하던 후배의 미술실을 찾아간 적이 있다. 복도의 창 위로 수업 중인 그를 바라보았다. 그런데 후배의 등 뒤에 걸린 급훈을 바라보고 미소가 전율처럼 흘렀다. 급훈은 '수채화처럼'이었다. 근면, 성실, 봉사가 아닌 '수채화처럼'이라니. 젊음의 패기가 무기인 아름다운 형용사로 느껴졌다. 수업이 끝나고 총각 선생인 그와 함께 맑고 투명한 이슬을 오래도록 축였다. 참 이슬이 수채화처럼 번졌다. 후배의 보름달 같은 싱싱한 웃음이 그립다. 초록 물감으로 싱그럽고 명료한 옛꿈을 다시 그린다. 그대의 빛나는 눈동자에 맺힌 영롱한 추억 같은.

2025. 6. 30.

아버지의 정미소

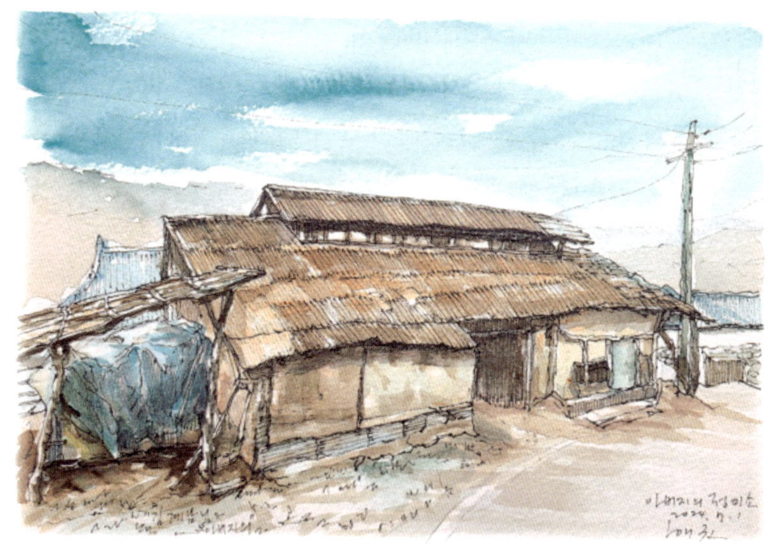

눈보라가 휘몰아치는 겨울, 어머니는 솔바람 거친 좁다란 논두렁 길을 걸어 양푼 대야를 이고 오셨다. 촉촉한 삼베 보자기를 걷으면 김이 모락모락 나는 가래떡이 우리를 황홀케 했다. 조청에 찍어 먹는 달콤한 가래떡은 1년에 한 번 설날에만 맛봤다. 나는 항상 윗마을 정미소를 동경했다. 건장한 주인아저씨가 쌀가마니를 들었다 놨다 하시며 도정을 살피시는 모습이 멋져 보였다. 다소 권위적이고 무서웠지만 가래떡을 뽑을 땐 거룩해 보였다. 세월이 흘렀다. 방앗간 아저씨도 어머니도 고인이 되셨다. 양철지붕은 녹슬고 기울어졌다. 지난 수업에 김계남 님이 보여준 친정집 정미소를 오늘 함께 그렸다. 선 드로잉 실습엔 양철 지붕이 적격이다. 그림을 모아놓고 평가할 때, 계남 님은 사인 위에 '아버지의 정미소'라고 썼다. 모두 잔잔 하지만 큰 그 의미를 좋아했다. 아마도 아버지를 향한 진한 그리움에 순간 뭉클했기 때문이리라. 오래전 돌아가신 나의 아버지. 지랄같이 아버지가 생각날 때마다 나는 눈물을 짠다. 그러고 아버지! 라고, 허공을 향해 소리친다. 걷다가도, 자다가도. 계남 님은 수업이 끝나자마자 직장으로 달려간다. 짬을 내어 취미 생활하는 열정이 대단하다. 천안 본가는 한때 4대가 함께 살았다는데 누구나 옹기종기한 그 시절이 그리울 것이다. 고향에 계신 어머니께도 문화센터에 가시게 해 요즘은 스케치 그림을 일기처럼 보내오신단다.

나도
그립다, 어머니도 아버지도, 함께한 그 시절도.

2024. 7. 1.

인사동
— 내 마음의 풍경

내마음의 풍경
전통차 향 깊은집
—쿨룩안 10번
굴목안정원
종가집
황촌곱창집
02.9734.6297
요가
명상
자기계발
역동진
사위한
봉숭아

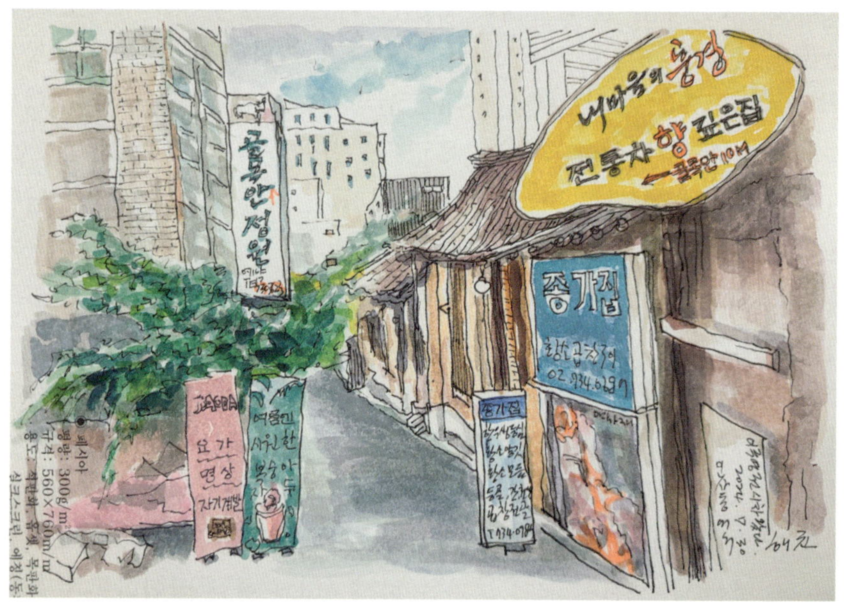

후배의 전시 관람차 인사동에 왔다. 신작도 아닌 늘 보던 그림이 대부분이지만 전시장을 찾는 건 일종의 불문율이다. 흔한 말로 품앗이지만 전시의 이력을 쌓는 과정이니 축하의 의미가 크다. 작가라면 누구나 오프닝 때 많은 관객이 와서 북적대야 흥이 나지만 평일에 오는 관객도 반가울 것이다. 관람이 끝나고 후배와 축하의 뜻으로 밥도 먹고 막걸리도 한잔 축였다. 동행한 안나 님은 서울 토박이다. 인사동 갈 땐 미리 전화해서 만나는데 내겐 나침반 같다. 시인 아버지와 사연 많은 어머니를 추억에 묻어둔 안나 님에겐 착한 아들과 딸이 있다. 무엇보다 시집간 딸을 염려하는 마음은 내 일처럼 안쓰럽다. 혼자 걷는 지구별 여행이 가끔 힘들고 외로워 보이지만, 카톨릭 신자인 님의 하나님은 그를 지탱하는 고귀한 힘이다. 몇 년 전 명동 성당에서 님의 그림 한 점을 구매해 주어 많이 기뻐했던 모습도 선하다. 오늘은 함께 새로운 골목 개척에 나섰다. 내 마음의 풍경이라는 카페의 간판이 걸려있는 골목길이 인사동의 전형적인 분위기를 연출한다. 한옥 지붕과 나지막한 집들은 서정적이어서 좋다. 근처에 130년 승동교회가 보였다. 푸른 하늘에 십자가를 세워놓은 교회가 고색창연하다. 별도의 공간에 자리한 붉은 벽돌의 종탑은 조형미가 너무나 멋져 한동안 감상했다. 탑골 공원을 산책한다. 미래의 그해 여름, 그 뜨겁던 날을 그려본다. 언제일까, 그날.

2025. 7. 3.

백두산에 올라

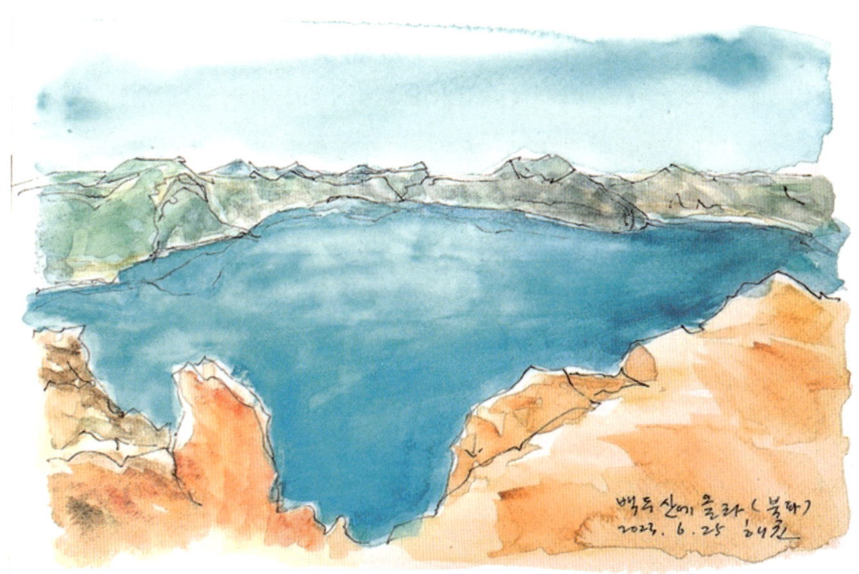

　10년 전쯤 배낭여행 팀과 온 후, 오랜만의 백두산이다. 한 25년 전쯤 부모님을 모시고 가족과 함께 왔던 먼 기억도 있다. 그때의 부모님은 돌아가시고 또 다른 인연의 사돈과 함께 왔다. 사돈과의 동행은 그 자체가 위태한데, 얼떨결에 우리 사이가 탄로 나는 바람에 일행까지 의식하지 않을 수 없게 됐다. 조금 불안하지만, 세상에 절대 자유란 어디에 있겠는가. 별처럼 수많은 사람 중에 내 아들의 별이 되어준 며느리의 그 아버지가 지금 나와 동행하고 있다니. 새삼 인연의 소중함을 깨닫게 된다.

　이번 여행은 백두산에 올 기회를 좀처럼 내지 못하신 사돈의 제안이었지만 서파가 포함되어 있어 흥미를 자극했다. 서파는 상상대로 또 다른 아름다움을 지녔다. 에델바이스 같은 만병초가 지천이고 파란 하늘을 담아놓은 천지의 물도 다도해의 쪽빛을 닮았다. 북파의 인파도 서파에 못지않아, 긴 줄을 따라 개방된 구간을 한번 돌고 나오는 기분이다. 건너편 멀리 몇 해 전 문재인 대통령이 김정은 위원장과 동반했던 장소도 보여 기분이 야릇하다. 민족의 영산이라지만 왠지 중국의 관광지 같은 인상을 지울 수가 없다. 수많은 관광객에 떠밀려 다니는 중국의 천지에 비해 건너편 우리 구역은 선택된 사람들의 휴양지 같아 보여서다. 어서 우리의 땅을 밟고 진정한 민족의 영산 백두산을 세계인들과 함께 오를 날을 염원한다.

2023. 7. 5.

가지 않은 길

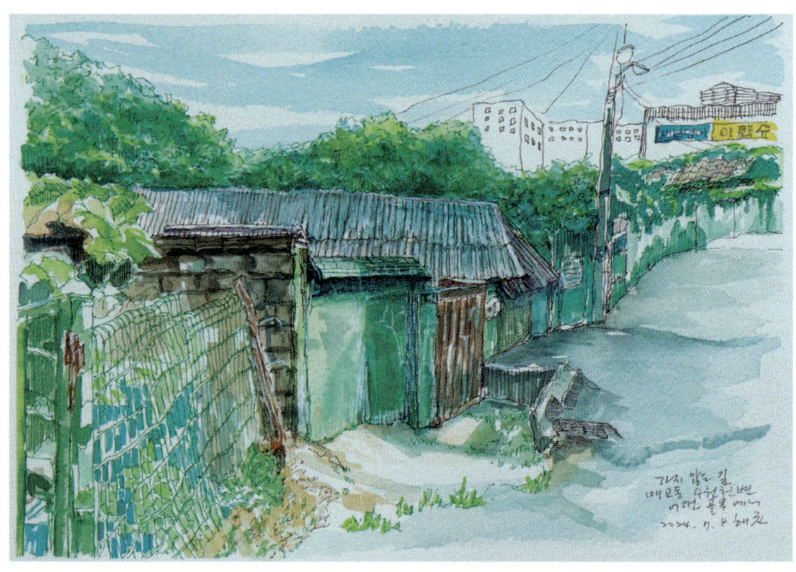

일요일도 일 나간다. 전문 용어로 스튜디오, 이놈의 일터는 일의 양과 시간을 규정할 수 없다. 보장된 임금도 휴일도 없다. 나는 미술 노동자다. 살모사의 혓바닥같이 이글대는 땡볕 속을 한 시간쯤 걸었다. 늘같은 길이 지루해 다른 골목으로 방향을 선회한다. 뜻밖의 멋진 풍경과 마주했다. 반갑다. 이 풍경만으론 도시의 이미지가 아니다. 오래된 시골 정경이다. 지금은 사람이 살지 않는 빈집 같지만, 단란했던 한 시절의 이야기가 그려진다. 고향 집이 떠오르면 가슴 저린다. 부모 형제 떠난 빈집이 많이 손상되어 잡초만 무성하다. 그립지만 갈 용기가 나지 않는다. 함께 살아왔던 아픈 추억들이 무너져 가는 안타까움 때문이다.
어쩌면 자연 현상은 사람의 인생사처럼 스스로 무너지거나 잊혀 가는
과정일지도 모르지만 말이다. 비 오는 날 어머니는 부추전을 부치셨다.
홍고추가 살짝 들어간 매콤한 전을 아버지는 주문하셨다. 막걸리 안주
에 이만한 게 없다. 그 추억이 점점 멀다. 음식을 매개로 한 추억은 그
무엇보다 그립다. 사람의 힘으로 잡지 못하고 순응할 수밖에 없는 게
속수무책의 세월이다. 이런 시 한 편이 기억 난다.

> 내 인생 단 한 권의 책
> 속수무책
> 대체 무슨 대책을 세우며 사냐 묻는다면
> 척하고 내밀어 펼쳐줄 책
> 썩어 허물어진 먹구름 삽화로 뒤덮여도
> 진흙 참호 속
> 묵주로 목을 맨 소년 병사의 기도문만 적혀있어도
> 단 한 권
> 속수무책을 나는 읽는다
> (중략)
> 대체 무슨 대책을 세우며 사냐 묻는다면
> 독서 중입니다, 속수무책
> — 김경후, 「속수무책」 중에서

2024. 7. 8.

수원의 형용사, 아름다운 버드내

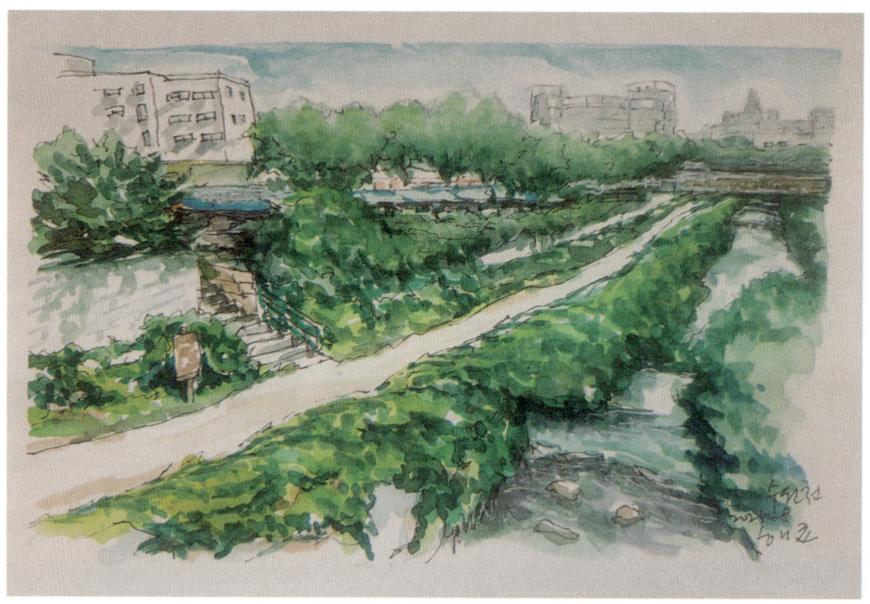

교동 살던 토박이 후배가 어릴 적 수원천에서 멱감고 빨래하던 이야기를 을지문덕이 청천강 이야기하듯 신나게 말하던 기억이 난다. 수원水原은 지명 자체가 물의 근원이다. 나도 버드내를 바라보며 40년 넘게 교동에서 살아가고 있다. 자전거를 타기도 하고, 권선동 집에서 교동 작업실까지 걸어 다녔다. 요즘은 평일엔 다른 코스를 걷지만, 일요일은 꼭 버드내를 따라 걷는다. 집은 잠만 자는 공간이고 대부분 시간을 교동에서 보내고 있다. 교동이 아름다운 건 버드내가 있기 때문이 아닐까 싶다. 수원에는 버드나무가 참 많았다. 세류동, 유천, 방화수류정 등에도 버들 유柳 자가 들어 있는 게 그것을 증명한다. 그러나 언제부턴가 버드나무 꽃가루가 알레르기의 주범이라고 하여 모두 베어나가기 시작했듯. 그나마 수원천의 수양버들은 아직 살아남아 겨울이 지나면 연둣빛 물을 들이며 봄을 알린다. 여름엔 녹음이 더욱 푸르고 가을이면 서서히 갈 빛을 옮겨가고 겨울 눈이 덮이면 하얀 치맛자락을 날리기도 한다. 버드내의 물도 맑아 물고기와 오리, 두루미, 등이 물을 가르곤 한다. 한하운 시인의 보리피리 시비詩碑도 보이고 운동기구까지 있는 시민들의 멋진 산책길이 되고 있다. 내 인생의 대부분을 보낸 버드내와 더불어 남은 생도 이곳에서 응시하고, 일하고, 사랑하며 살아갈 것이다.

2023. 7. 12.

구 수원문화원

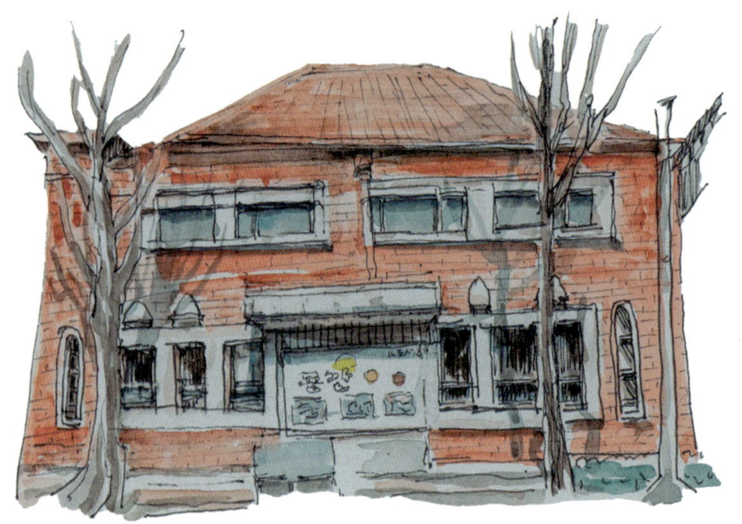

이 건물은 일제강점기 조선중앙무진회사라는 금융지주회사였다고 한다. 이후 수원시청사였던 수원시가족여성회관의 별관 건물이었으나 시청이 옮겨간 후 수원문화원으로 사용되었다. 그때의 2층 갤러리는 수원의 몇 안되는 전시 공간으로 화가들의 개인전 단체전이 수시로 열렸었다. 역사는 깊지 않지만, 조형적 양식은 근대적 향수가 흐르는 아름다운 국가유산이다. 하나의 꼭짓점에서 지붕골이 만나는 특별한 지붕 형태와 1층 입구 좌우의 꽃봉우리 장식, 창호 돌림 장식은 건축도 멋진 미술의 한 부분임을 확인시켜 주고 있다. 획일적인 아파트형 건물을 바라보는 것은 수십, 수백 년을 이어오는 가우디의 건축이 아니더라도 도시의 피곤함을 지워줄 시각적 조형미에 대한 갈증이 깊었다. 더위가 절정이다. 여름이 짙을수록 겨울을 떠 올린다. 아주 오래전 레바논의 브샤리에 간 적이 있다. 그곳에서 칼릴 지브란의 미술관도 보고 레바논 산맥의 눈 덮인 백향목을 본 추억이 지워지지 않는다. 솔로몬왕의 궁전을 지었다는 구약성서의 백향목은 해마다 겨울이면 크리스마스카드의 눈 덮인 전나무처럼 떠오른다. 문득 칼릴 지브란의 잠언 한 구절이 생각난다.

'미술은 자연에서 출발해 신에게 가는 과정이며 안개가 형상으로 조각되어 가는 과정이다. 나는 모든 그림이 보이지 않는 이미지의 시작이 되기를 원한다.'

2025. 7. 15.

한림학사 이고의 권선동 은행나무

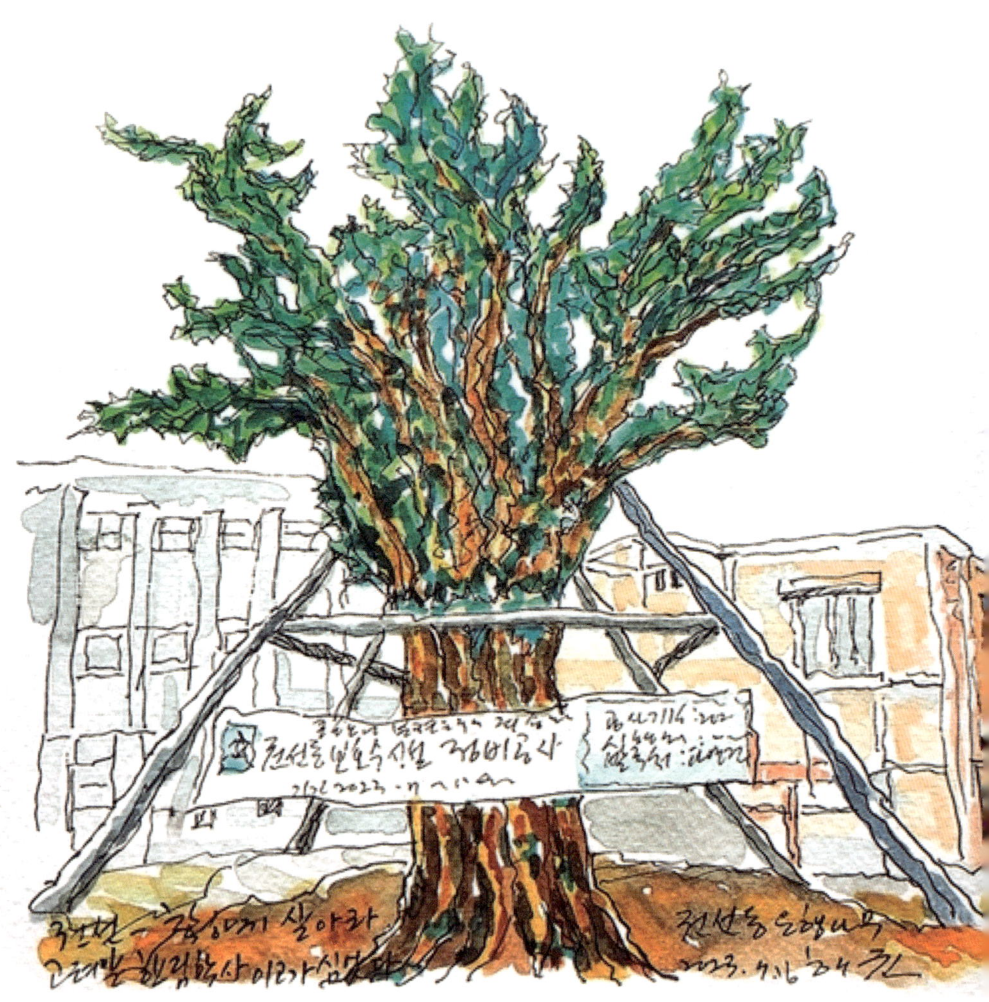

내가 살고 있는 권선동의 세곡초등학교 앞 길가에 은행나무 한 그루가 있다. 수령 570년의 꺼칠한 고목이다. 나는 매일 아침 은행나무를 바라보며 피트니스클럽에 간다. 너무 늙고 기력이 쇠한 이 나무는 문신처럼 강렬한 세월의 무늬가 있다. 나무의 밑동에서 위로 올라가며 꽈배기처럼 꿈틀대는 모습이 거대한 아나콘다 같은 느낌이다. 이 나무는 고려말 한림학사 이고(李皐, 1341~1420)가 심었다고 전해진다. 벼슬을 내려놓고 수원에 내려와 살면서 후진들에게 어질고 선하게 살라고 가르치며 자신의 집터에 심은 은행나무다. 집은 간데없고 절간의 석탑처럼 나무만 덩그러니 서 있다. 이 나무는 내부에 공동空洞이 있고 가지 절단부와 줄기에 부패가 진행돼 비바람에 쓰러지거나 가지가 고사해 떨어질 염려가 있어 보였다. 시에서는 보호수 생육환경 개선사업을 진행했다. 외과수술과 고사한 가지를 제거하는 한편 철제 지지대도 4개 설치했다. 나무의 가지들은 잘려 나갔으나 외형은 일부분 힘이 느껴진다. 칠월 초 모든 환경개선 작업이 완료되어 깨끗이 단장되었다. 권선동에선 해마다 선하게 살라는 이고선생의 축제를 열고 있다. 선하게 살자! 생이 일장춘몽이고 악해야 할 시간과 용서받을 시간이 없으므로. 이고선생의 은행나무는 선하게 살라는 뜻을 받들어 삶의 소중함을 깊이 각인시켜 주고 있다.

2023. 7. 16.

가을을 맞으며

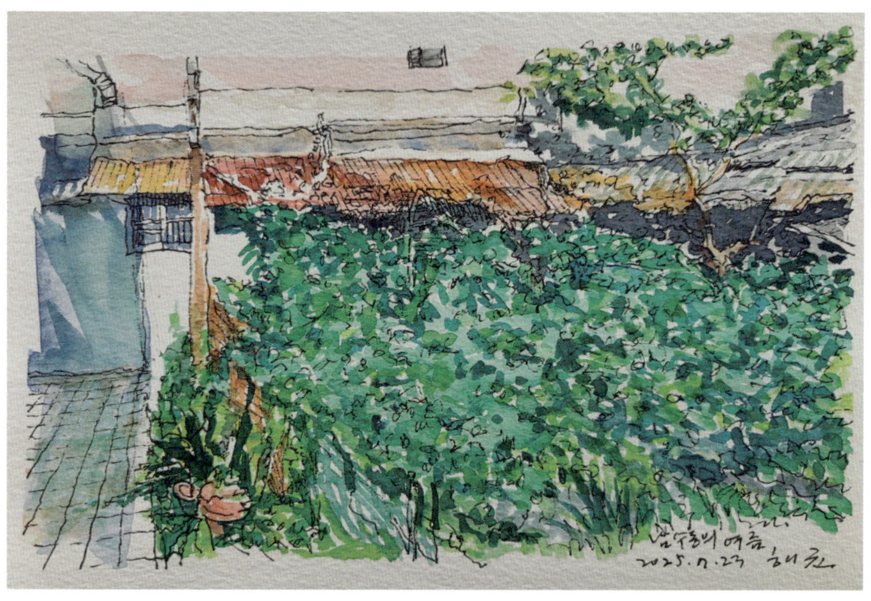

　계절을 맞이하는 사람의 마음은 바람의 관습을 잘 수용한다. 차려놓은 음식을 쉽게 먹듯이, 수고한 자의 짐을 내려놓듯이, 선물처럼 가을이 안겼다. 밤이 길어지는 것과 함께 긴 겨울도 이어질 것이다. 지난여름 남수동 어느 공터에서 풀들이 무성한 키 작은 집을 그렸다. 숨쉬기조차 힘들었던 한여름의 일기다. 낡은 양철 지붕의 벽돌집을 보며 그곳에 더욱 가족과 이웃의 깊은 유대와 사랑이 풀잎처럼 우거짐을 느꼈다. 가족이 한방에서 먹고 자고 했던 추억을 우리는 모두 캥거루 주머니처럼 지니고 있다. 비좁은 공간일수록 가족애는 직접적이고 진하다. 사랑이란 단어를 다시 한번 꺼내본다. 사랑이 뭐길래 우리의 마음을 송두리째 착취하는 것일까. 사랑이 밥 먹여 주는 건 아니지만 사랑은 먹지 않아도 배부르다. 인생은 써도 사랑은 달다. 사랑의 슬픔은 타지마할을 만들고 사랑의 기쁨은 궁전을 이룬다. 사랑은 존경이고 맑은 성정이지만, 배신도 있고 나약하기도 하다. 사랑을 앓다가 떠난 브람스, 사랑을 잃고 죽은 모딜리아니를 죽음으로 따른 잔느, 사랑의 묘약은 불가능한 꿈이다. 김남조 시인은 사랑을 담은 시 '편지'를 이렇게 썼다. "그대만큼 사랑스러운 사람을 본 적이 없다. 그대만큼 나를 외롭게 한 이도 없었다. 이 생각을 하면 내가 꼭 울게 된다……" 사랑의 종말은 외롭고, 외로움 때문에 우리는 사랑한다.

2025. 7. 23.

세류동
— 교동 이발관과 마음속 정원

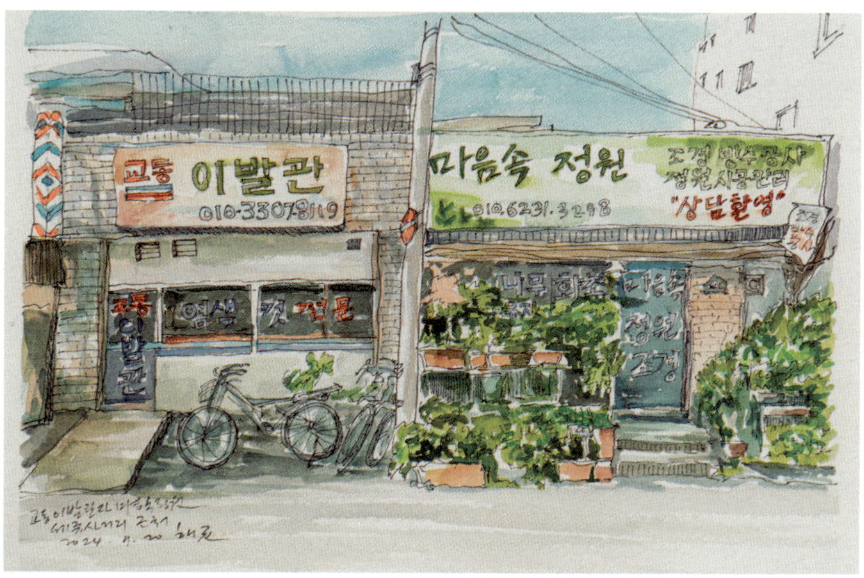

　전봇대 하나를 사이에 두고 이발관과 조경 가게가 붙어있다. 이발소보다 한 끗발 높아 보이는 이발관은 넥타이를 맨 중년 신사 같은 이미지다. 또한 장소를 뜻하기보다 전문성의 등급을 과장한 텅 빈 중량감을 준다. 이발의 '이' 자가 궁금하여 사전을 조사하는데 무려 251개가 등장했다. 뜻글자는 정말 뜻이 많다. 이발은 다스릴 이理에 머리털 발髮이니 얼굴이 포함되는 이용理容 보다는 조금 협소한, 머리를 손질하는 곳이란 의미이다. 이발관이 점점 사라지고 남자가 미용실에서 머리를 깎는 처지가 되었다. 오페라 세비야의 이발사에서 로지나를 향한 알 마비 바의 사랑을 전하기 위해 계략을 펴는 피가로의 바리캉 소리가 들려오는 듯하다. 커다란 양은 주전자에 물 끓는 소리 들리는 난로가 있고, 거품 솔과 면도칼을 갈던 피레가 있는 복고풍이 그려진다. 그 옆의 마음속 정원은 타이틀 자체가 이발관보다 개량형이요 현대적이다. 마치 영자나 미숙 같은 구식 이름보다 보라, 별, 은하와 같은 상큼한 신식 이름처럼 말이다. 딱딱함보다 부드럽고, 단순한 명사보다 형용사적이고, 직접적인 것보다 은유적인 게 좋다. 두 가게의 핸드폰 번호에 시대상이 강조되었다. 이젠 대부분 집 전화로 전화하는 일이 없다. 가정과 사업체가 중요한 게 아니라 각 개인의 직접 소통방식이 현실적인 이유다. 장마가 길다. 곧 빛 돌아오면 돌담길 호두나무에서 호두가 영글고, 뭉게구름 뜬 미루나무에서 매미 소리 높아갈 것이다.

2024. 7. 24.

남수동의 여름

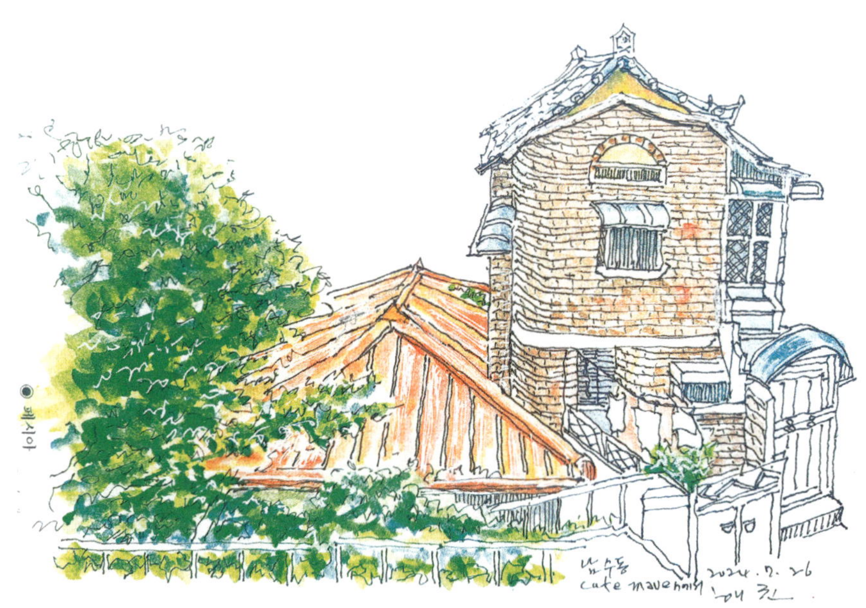

장마 사이 폭염이 작열하는 아침, 모처럼 수강생들과 야외 스케치를 나왔다. 평소 즐겨 찾는 남수문과 창룡문 사이의 성곽길이다. 이 길은 비교적 조용하고 아기자기한 집들과 개성 있는 카페들이 있어 좋다. 화려하지 않아도 저마다 색다른 모습으로 언덕 위의 성곽과 조화를 이루고 있다. 불볕더위를 피해, 수강생들은 모두 전망 좋은 카페에서 그림을 그린다. 나도 창가에 앉아 창밖으로 내려다보이는 자줏빛 벽돌집과 빨간 지붕이 있는 풍경을 그린다. AI가 그림을 그리는 현대미술에서 더 이상 사생을 고집할 필요는 없지만 스토리텔링이 되는 현장의 풍경들을 직접 수집하고 경험을 기록하는 방식은 중요하다. 어반스케치는 도시의 풍경을 그리는 미술 장르의 하나이자 트렌드가 되고 있다. 도시엔 인간과 건물과 자동차와 다양한 상업시설이 혼재되어 있다. 무엇보다 아름다운 카페가 있고 그 안엔 분위기를 연출하는 정물들이 스케치의 소재가 되기도 한다. 수강생들의 그림을 보면 맑은 샘물 같아 늘 행복하다. 저마다의 순수한 표정들이 스케치북에 진솔하게 담겨있어 개인과 가족의 보물이 되고 있기 때문이다. 다만 다만 각자의 그림이 구도와 원근법, 채색 등의 이론을 바탕으로 인식되기를 바라지만 그마저도 스스로 자유로웠으면 한다. 행복을 담보하지 못한 형식뿐이라면 부작용만 남는 취미 활동으로 전락하게 된다. 각기 다른 그림을 늘어놓고 하나하나 감상하는 즐거움이 함께여서 좋다.

2024. 7. 26.

바그다드 카페처럼

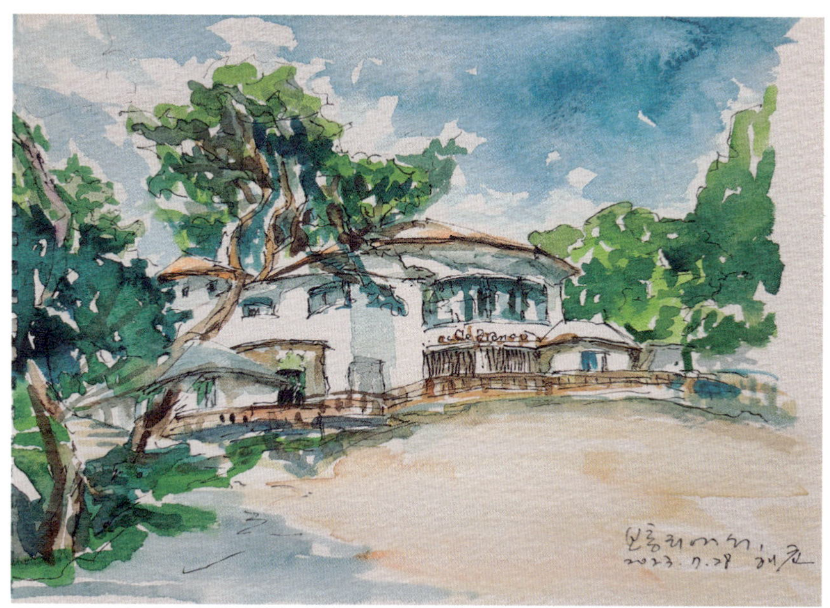

우리는 가끔 전원생활을 꿈꾸고 조용한 카페에서 좋은 사람과 커피 한잔 나누기를 원한다. 그러나 근거리 교외로 나가는 것조차 쉽게 주어지지 않는 게 현실이다. 영화 바그다드 카페는 황량한 사막에 목적 없는 삶이 퇴적되는 무모하고 건조한 공간이었다. 그런 생기 없는 자리에 야스민이라는 이방인이 등장하여 따뜻하고 행복한 시간이 깃든다. 한 사람의 활력있는 온기가 공간 전체를 지배하게 된다. 야스민의 마술 놀이는 바그다드 카페를 신나고 즐거운 마법의 무대로 바꿔놓았다. 그녀가 독일로 돌아갈 때, 이 카페는 이전보다 더한 절망의 시간으로 회귀한다. 침묵의 시간에 걸려 온 전화, 야스민이 다시 돌아왔다. 와! 신나는 인생! 다시 브렌다의 바그다드 카페는 희망의 공간으로 바뀐다. 이 영화의 마지막에 야스민을 향한 화가 루디콕스의 프로포즈는 모든 인생 드라마의 절정이자 엔딩일 수 있다.

요즘은 어디에도 다양하고 개성 있는 카페를 볼 수 있다. 저수지가 내다 보이는 더 비얀코라는 보통리 카페의 주인은 우리가 실내에서 그림을 그리고 있을 때도 잘 배려해 주었다. 그러면서 자신도 그림을 그리고 있다고 했는데 실제로 건물 앞 옹벽에 커다란 벽화를 그려놓은 걸 보게 되었다. 바그다드카페 엔딩에 울려 퍼지는 제 베타 스틸의 Calling you를 듣는다. 즐겁게 살자! 바그다드카페처럼.

2023. 7. 29.

보통리

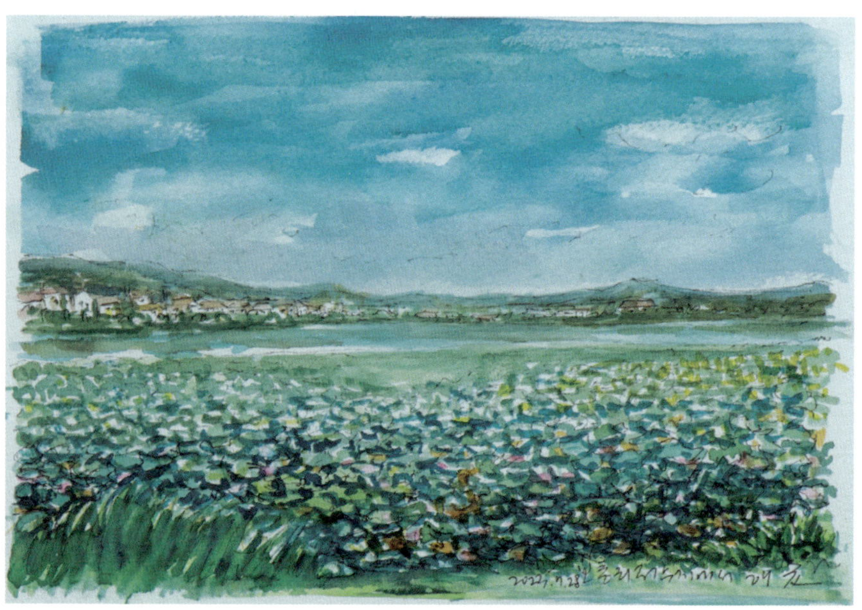

가끔 그곳에 가고 싶다. 수련이 호숫가를 뒤덮고 미루나무 허리에서 매아미가 종일 울어대는 여름날. 미인도의 눈썹 같은 하현달이 초롱히 뜬 밤길을 걸으며 풀벌레 소리 듣던 계절도 여름밤이었다. 뭉게구름이 청춘의 욕망처럼 피어오른 여름날은 괴테도 니체도 꿈을 주었다. 해마다 여름이 오면 어반스케치 수강생들과 야외 스케치를 왔다. 둑 넘어 시골 풍경이라는 녹색 양철지붕의 카페를 지날 땐 여름방학 때 놀러 가던 외갓집 생각도 들었다. 함께 그림 소재를 찾으며 땀 흘려 걷는 이 순간이 무엇과도 바꿀 수 없는 행복이다. 멋진 카페에서 냉커피 한잔으로 더위를 식히며 저수지가 있는 창밖을 본다. 지나온 과거와 다가올 미래 같은 아련한 원근감을 느껴본다. 아, 그때 나는 환희, 눈물, 영광의 뒤란길 같던 헤르만 헤세 페트카멘친트의 한 대목을 생각해 냈다. 구름은 순하고 부드러운 신의 축복이요 선물이며 대지의 꿈이라는. 그럴까? 나는 여전히 젊은 날의 허물 같은 추억을 돌이켜, 구름을 동경하며 꿈꾼다. 유년시절 경전처럼 암송하던 구절을 다시 꺼내본다.

구름은 모든 방랑과 탐구와 향수의 영원한 상징이다. 구름이 하늘과 땅 사이에서 방황하며 떠 있듯이 인간의 영혼은 시간과 영원 사이에서 방황하고 있다. 오! 구름, 쉬지 않고 흘러가는 아름다운 구름이여, 그때 나는 철부지 어린아이였고 구름을 사랑하며 구름을 바라보고 살아왔다. 그러나 나 역시 한 조각 구름으로 방랑길을 떠나, 낯선 인간으로서 시간과 영원 사이를 떠돌며 인생을 마치 게 될 줄 몰랐다.

2023. 7. 28.

행궁동 골목집

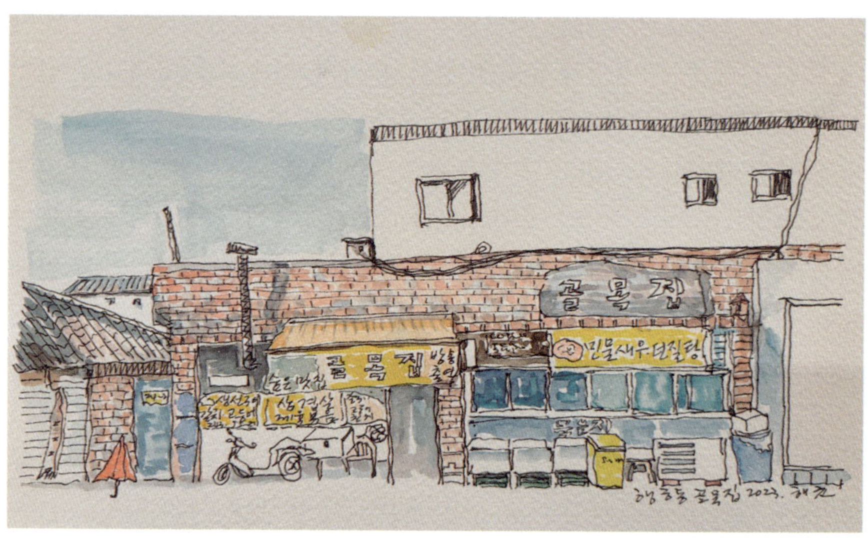

화가들의 전시 뒤풀이는 가장 중요한 식후 의례이다. 전시하는 작가는 작품을 선보이고 긴장한 채 있지만 관람자들은 작품만 둘러보면 곧바로 뒤풀이 장소로 향하는 게 일반적이다. 마치 결혼식장에서 축의금에 눈도장만 찍으면 식은 보지도 않고 곧바로 뷔페로 가는 것처럼 말이다. 방화수류정 아래 수원천을 따라 내려오다 보면 대안공간 전시장이 있고 그 앞에 골목집이 있었다. 골목집에선 전시 뒤풀이를 많이 했지만. 전시장이 사라지자 행궁동 생태교통 거리로 이전을 하였다. 오랜만에 들렸는데 주인은 나를 알아보았다. 이곳에서 '화수공담'이라는 화가와 비평가들의 담론이 있었는데 필자도 초대작가로 참여 해 본 터라 눈썰미 좋은 주인께서 알아보신 게다. 화수공담이라는 프로젝트 자체가 술 한잔 놓고 그림에 대해 비평해 보자는 취지여서 이론에 약한 작가들은 비평가들의 논리 앞에 술만 들이켜며 얼굴을 붉게 물들였다. 그러해도 이 프로젝트는 자신이 참여하게 된 것만으로 자존심을 세웠고 일부 긍정적인 부분도 있었다. 초대된 작가는 벽에 그림을 걸고 스크린에 슬라이드 그림을 띄워 작품을 열심히 설명했지만 뒤따르는 것은 비평가의 혹독한 분석과 비평이었다. 그때의 술 한 잔은 긴장감으로 똘똘 뭉쳐진 머리를 이완시키기에 충분했다. 본론으로 들어가면 묵은지 김치찌개는 이 집 안주 중의 최고였다. 큼직한 두부전도 맛났지만, 김치찌개는 닳으면 물 붓고 즉석에서 다시 재탕할 수 있는 장점이 있었다. 여러 가지 메뉴가 붙어있고 유명 TV 프로그램에서 맛집 촬영도 한 관계로 식사 시간엔 손님이 넘친다. 골목집은 추억이다.

2023. 8. 4.

수원향교

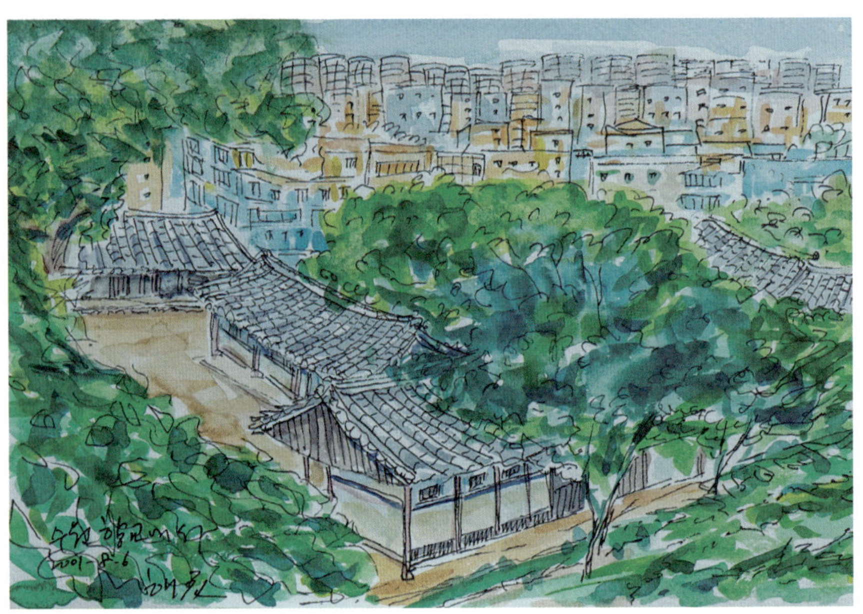

교동은 향교가 있는 동네라는 뜻이다. 수원향교 입구엔 홍살문과 하마비가 있는데 이는 충절을 상징한다. 향교는 조선시대 지방에 세운 공립교육기관으로 공자와 여러 성현의 제사를 지내고 지방 사람들을 교육하던 곳이다. 수원향교는 대성전을 비롯하여 외삼문 동재, 서재, 명륜당, 내삼문 동무, 서무, 대성전 등 향교의 기능을 두루 갖추고 있다. 1795년 정조께서 친림 한 이곳은 대성전 아래로 유생들이 학문을 닦던 명륜당이 있는데 현재 다양한 시민 예절 프로그램 장소로 활용되고 있다. 곁에 있는 유림회관의 시민교육 또한 활발하다. 이곳의 명륜대학에서는 유학반, 서예반, 다도반, 한문반, 한시반, 경전반 등의 프로그램을 지속 운영 중이다. 또한 성년이 되는 청소년에게 집체 성년례를 개최하여 새로운 첫걸음을 내딛는 성년의 의미와 전통 예절을 직접 체험하는 프로그램도 진행하고 있다. 필자는 향교 입구에 마을 공동체와 함께 벽화도 그리고 솟대도 만들어 세웠는데 아직 일부가 그 자리에 있어 흐뭇하다. 한해의 반환점을 돈 후반부가 시작되었다. 온통 초록 물감을 칠해놓은 듯 무성한 풀과 숲은 무표정하게 살모사의 헛바닥 같은 햇살을 받아들이고 있다. 불변의 시간은 뻔뻔히 속도를 내고 욕망의 내재율은 점점 나약해져 인생의 종말이 예술의 상실이라는 자괴감만 누적된다. 예술과 생활의 불협을 화해하자. 스스로에 관대했던 이중섭의 도량을 머릿속에 새긴다.

"마음이 한없이 고요하여라. 그 위에 향기로운 일감이 오다"

2011. 8. 6.

하 남지 터에서

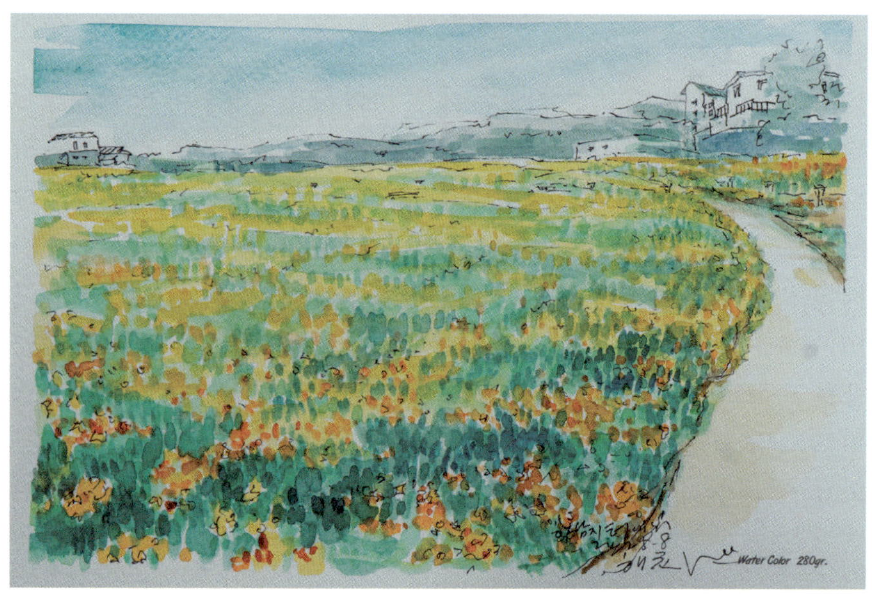

나의 교실에 마음씨 고운 중국 여성 린 님이 오늘도 멋진 그림을 그린다. 소재가 궁금하여 물어보니 하남지 터란다. 아이와 함께 이 공터에 놀다 온 추억을 담는 것이었다. 수원 화성 안에 모두 5개의 연못이 있고 그중 하나가 하 남지 터다. 복원 공사를 위해 남창초등학교 앞의 상가들이 모두 철거되었고, 2028년 화성성역의궤에 수록된 대로 조성 공사를 실시 해 2029년 준공할 계획이라고 한다. 공백 기간 유휴지에 계절 따라 청보리도 식재되었고 금계국도 심어졌다. 하남지가 복원되면 이곳은 또 다른 수원화성의 명소가 될 것 같다. 클로드 모네의 일본 다리가 있는 수련 연못이나 궁남지 안압지가 그려진다. 시간을 조금 당기면 남문이 수원의 중심이었고 젊은이들로 가장 붐비던 곳이 아니었든가. 금계국 사이의 고추잠자리 한 쌍이 청춘의 긴장감처럼 청량하고 팽팽한 하늘을 날아 허공을 출렁인다. 가을 기색이다. 푸른 논의 벼 이삭이 가을을 익히고 백로가 날아가는 논두렁 따라 잠시 고향이 마음에 머문다. 한적한 시골이나 금계국이 있는 공터가 아니면 생각이 머물 틈마저 없을 것이다. 문화센터 수업이 끝나고 작업실로 향한다. 혼자 있어도 늘 분주하다. TV를 켜놓고 글을 쓰고, 빵을 먹으며 그림을 그린다. 틈 없는 일상이 다행인지 불행인지도 모르겠지만, 나의 삶은 목적지 없는 바람처럼 맴돈다.

2025. 8. 8.

남원
― 광한루가 보이는 방장정 이미지원래것

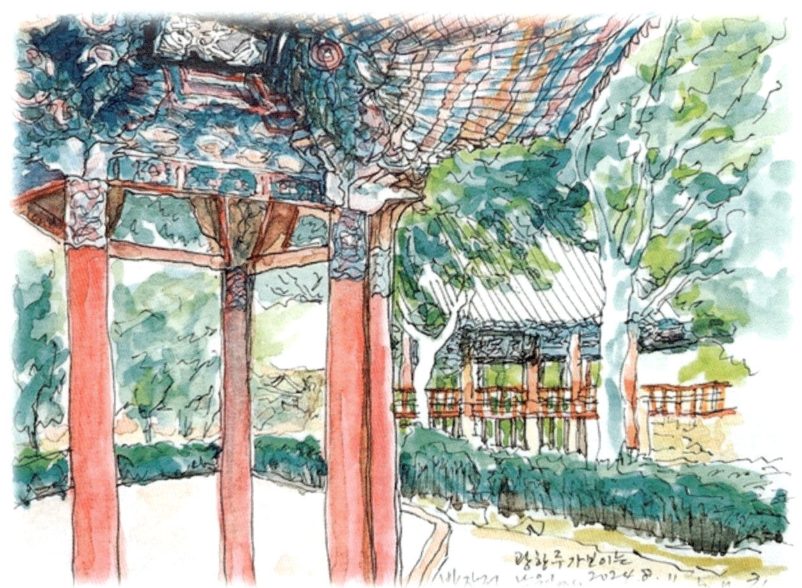

어떤 사물이나 진리를 생각과 분석으로 깨쳐진 심오한 경지이거나, 형이상학적 높은 해석으로 사물의 실상을 비추어 관찰하는 인식을 관조觀照라고 할 수 있다. 미를 직접적으로 알고 깨닫는 미학 또한 관조적이다. 나는 관조적으로 사물을 통찰할 참 지혜를 가지지 못했다. 관조는 대상을 바라보아 깊은 사고의 힘으로 도달하는 심미적 깨달음 같은 것이기 때문이다. 우리나라의 정자는 거대하지 않고 소박한 단아함이 있다. 남도 여행을 마무리하며 꼭 보고 싶었던 곳이 광한루다. 남원은 오래전 가족과도 작가들과도 왔던 곳이지만 바쁜 일정에 추어탕만 먹고 지나쳤다. 태조 때 황희가 유배되었을 때 지은 것이라니 역사가 깊다. 우리나라는 전란이 잦아 대부분의 문화제가 불타고 원형대로 보존된 게 드물다. 광한루도 정유재란 때 소실되어 인조 16년 다시 지어졌다고 한다. 누각에 있는 83점의 편액과 말만 들어도 힘이 느껴지는 김종직, 정철, 정인지, 강희맹 등의 시가 있으니, 내력이 깊고 튼튼히 쌓인 곳이다. 무엇보다 성춘향과 이몽룡의 무대라니 분위기가 다소 로맨틱하다. 연못 가운데 방장정이라는 정자가 우아하게 광한루와 조응하고 있다. 가을바람 소슬히 불면, 이 정자에 올라 춘향가를 들으며 사랑의 절정과 해피엔딩의 안도를 고요히 관조하고 싶다. 그러나 난 아무래도 떠나야 한다. 언제나 선택이란 둘 중의 하나, 연인 또는 타인이라는 유행가 가사처럼.

2024. 8. 11.

내 마음의 풍금 소리
― 수원시가족여성회관

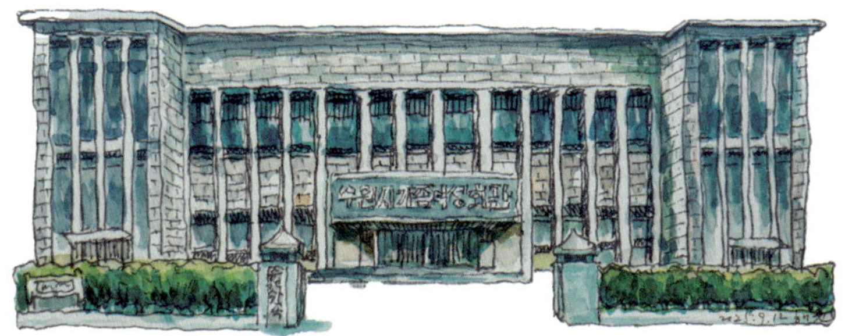

　구 수원시청은 1950년 한국전쟁으로 현 후생내과 거리의 시청이 파괴되자 전후 새로운 청사로 지은 것이다. 1954년 10월 착공 1956년 준공 이래, 1987년까지 수원시청사로 사용되었다. 이후 시청은 옮겨가고 권선구청으로 사용되다가 현재의 수원시 가족여성회관이 되었다. 성벽 같은 돌벽에 세로로 길게 내린 창이 아름다운 이 건물은 국가 등록 문화유산으로 보호받고 있다. 필자도 당시 민원서류를 발급받기 위해 여러 번 오갔던 곳이다. 뜬금없이 밀짚모자를 쓴 촌노들이 오가던 면사무소가 떠오르고, 마룻바닥에 놓인 풍금 소리 같은 옛 초등학교 교실이 생각난다. 나의 작업실과 지척인 이곳에서 어반스케치를 강의하게 된 것은 우연한 인연이다. 규모와 인구가 늘며 도시는 점점 진화한다. 시청이 구청이 되고 동사무소는 구청 규모로 신축된다. 열기 식은 바람이 가을을 부른다. 어반스케치 매교반의 주미향 님이 여성회관을 조용히 그려놓고 갔다. 소슬바람 같지만, 실력은 들깨 향처럼 차고 그윽하다. 그의 침묵은 무언가를 말하고 있는듯하다. 이런 시처럼.

이미 오래전부터
나는 아무것도 말하지 않았다.
아직 말하지 않음으로
나는 모든 것을 말하였으므로.

—배영옥,「고백」

2025. 8. 12.

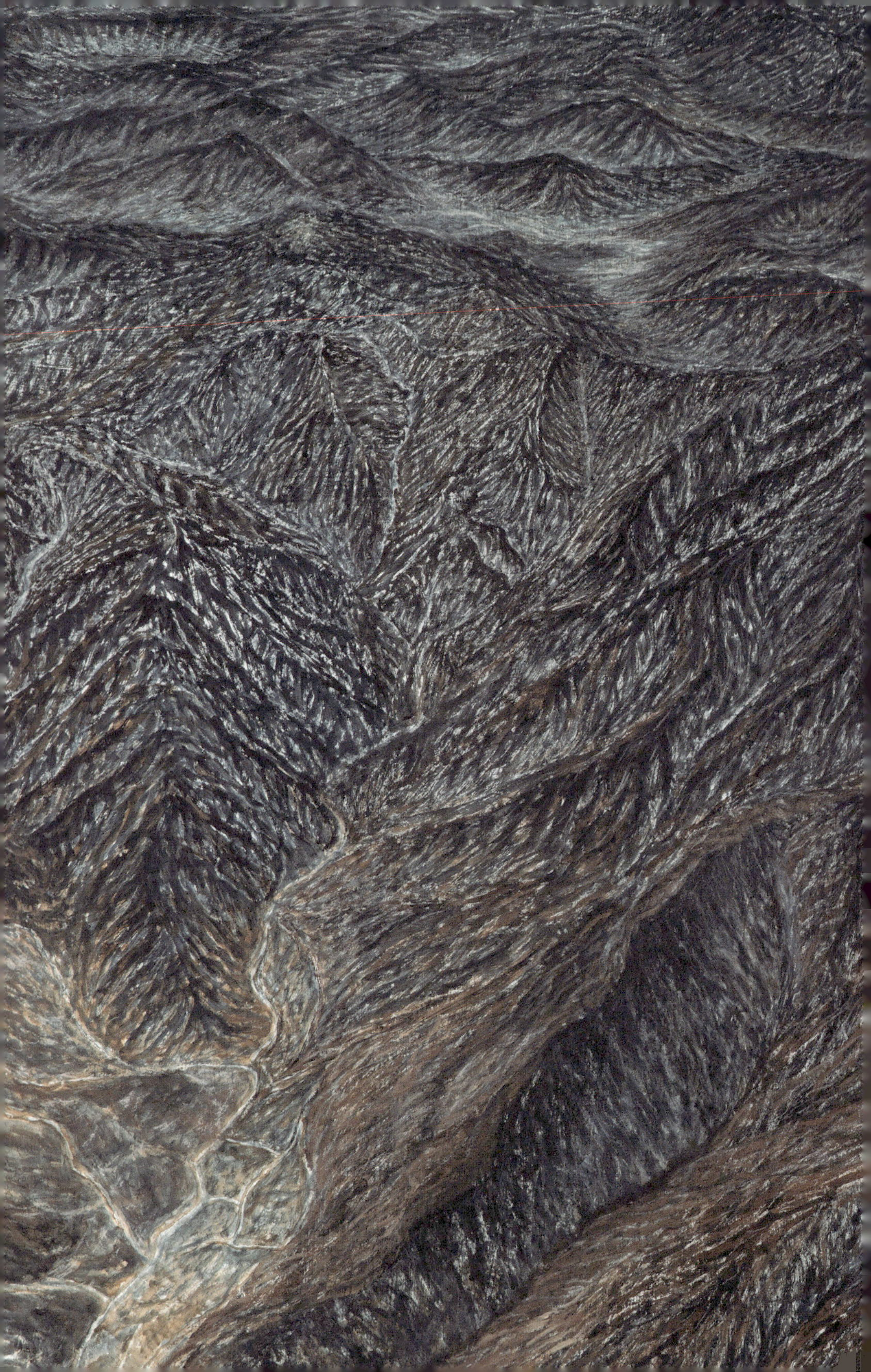

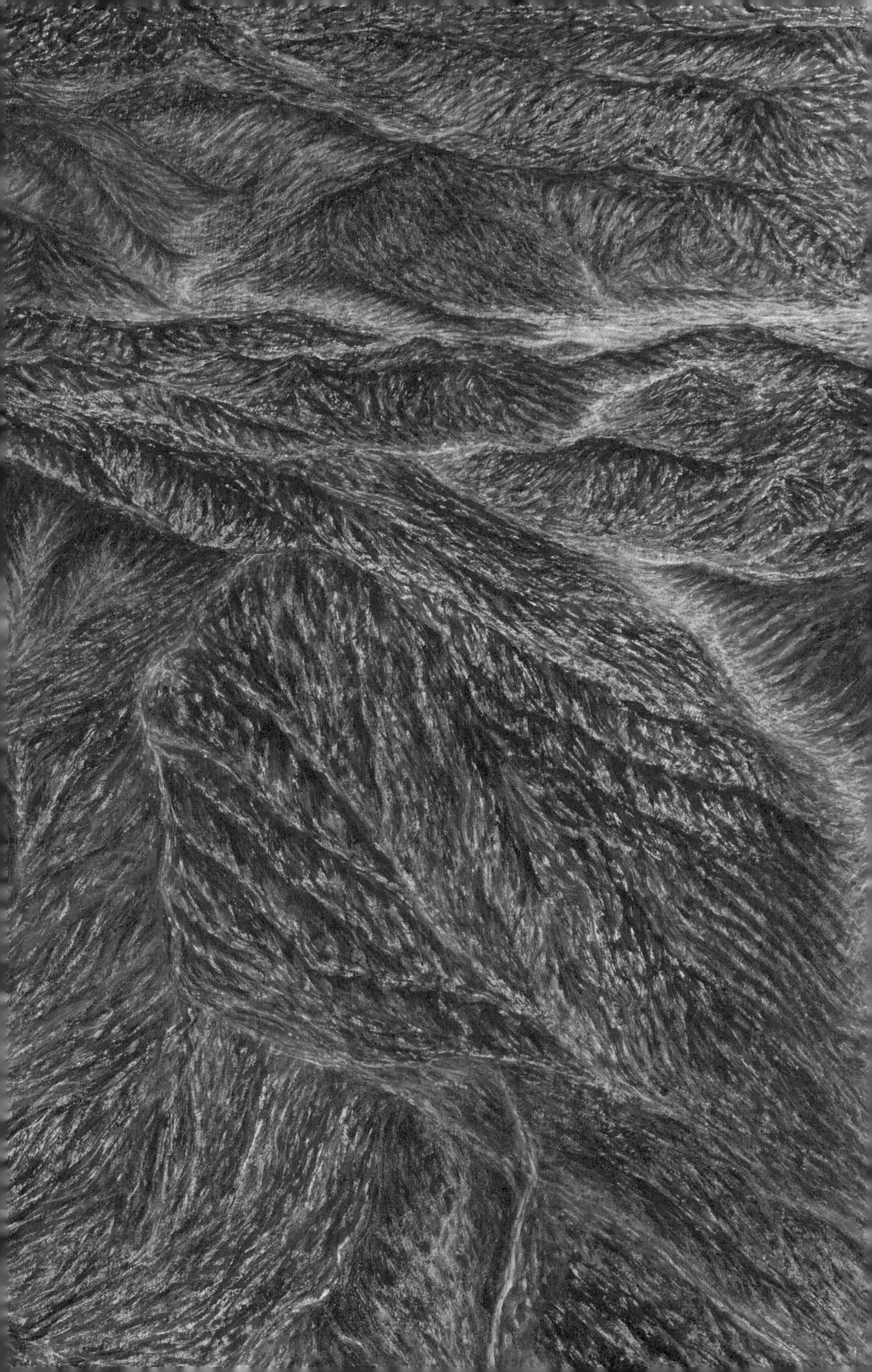

미쓰비시 줄사택

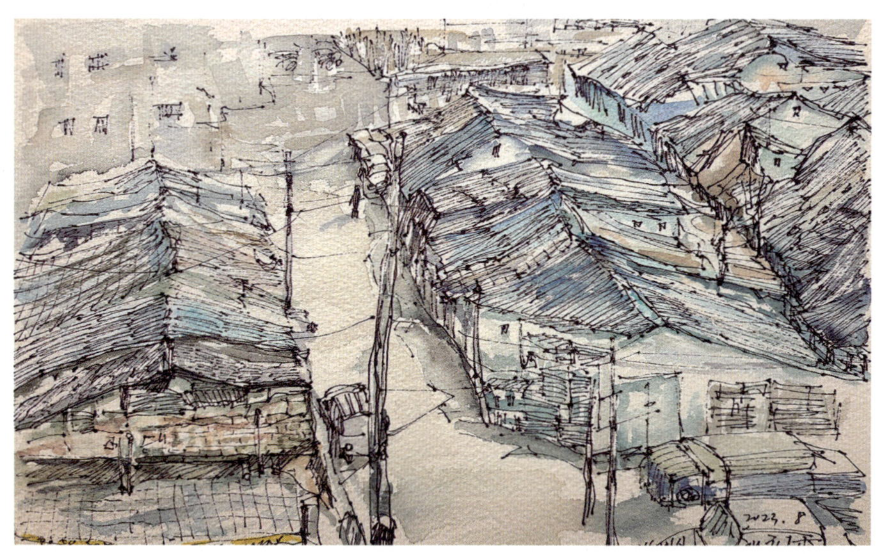

인천시 부평동 산곡동 일대는 일제 강점기에 조선인을 강제 동원하여 노동력을 착취한 역사적 현장을 볼 수 있다. 미쓰비시 줄 사택, 영단주택, 육군조병창 등이다. 줄사택은 천장 하나에 칸막이만 두고 여러 집이 연결되어있다고 하여 붙여진 이름이다. 이는 조선인을 강제 동원하여 합숙시킨 유물로서 중요한 사료인데 이것을 철거하여 공영주차장을 만들겠다는 안도 나오고 있어 답답한 심정이다. 미쓰비시는 전범 기업으로서 대법원전원합의체는 일본 피고 기업의 배상책임을 확정한 바 있음에도 전범 기업의 재산 매각 등의 조치를 하기는커녕, 제3자 변제 방식을 발표하여 한국 정부와 민간기업의 참여를 유도하는 실정이다. 아무튼 이곳은 전쟁 군수용품을 만들던 조병창이 있었던 관계로 지하에 엄청난 동굴까지 있다고 한다. 미군의 폭격을 피하기 위한 지하 동굴마저도 수많은 조선인을 강제 동원하여 만든 것이니 그들의 재산과 목숨까지 우리가 지키는 어처구니없는 상황이었다. 어쨌든 이 귀중한 치욕의 유물을 현재의 불편을 위해 영구히 버리는 것은, 옳은 일이 아닌 것 같다. 그보단 일제의 만행을 알리는 증거물로서 잘 보존하여 후대를 위한 산 교육의 장이 되었으면 좋겠다. 군산이나 목포의 적산가옥과 유적(군산세관, 동양척식주식회사 등)이 일제의 수탈 행위에 대한 증거물이 되는 것처럼 말이다. 부수는 건 쉽지만 한번 파괴하면 원형을 다시 복원하기 어렵다.

벌써 계절이 가을로 기울고 있다. 가을은 잠시 쉬어갈 수 있을까. 불볕더위와 혹독한 겨울 사이의 고고한 미학, 새털구름처럼 가볍게 올해도 나의 전람회를 준비하겠다. 기대와 설렘으로 늘 인생이 새롭게 채워지길, 가을의 기도다.

2023. 8. 23.

도서관 가는 길

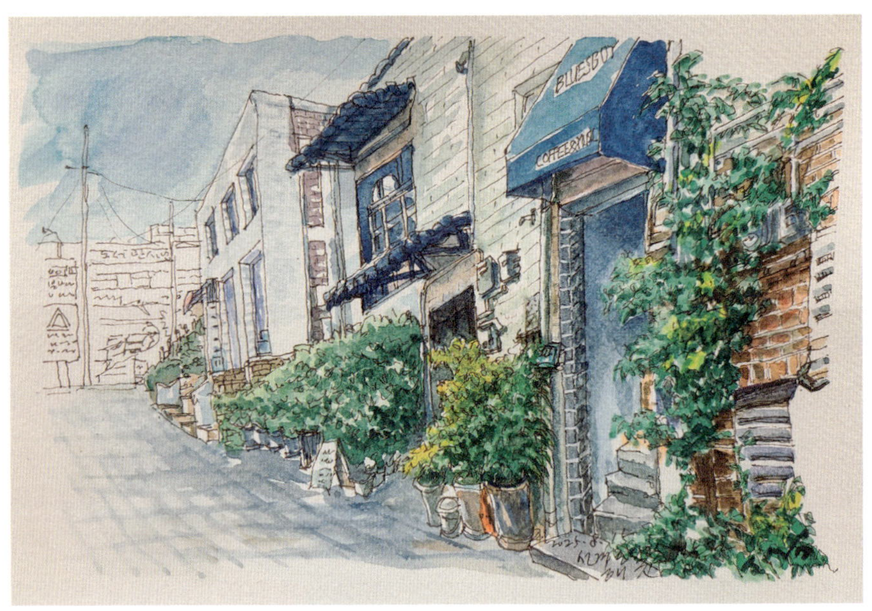

불어오는 책 내음은 그윽한 연서 같다. 예쁜 카페가 화단을 내어놓은 선경도서관 가는 길이다. 도서관은 걸어서 가야 사색적이다. 며칠 전 김훈의 글을 읽었다. '죽음과 싸워 이기는 것이 의술의 목표라면 의술은 백전백패한다. 의술의 목표는 생명이고 죽음이 아니다. 깨어진 육체를 맞추고 꿰매서 살려내는 의사가 있어야 하지만 충분히 다 살고 죽으려는 사람의 마지막 길을 품위 있게 인도해 주는 사람도 있어야 한다.'라고 의미 있는 담론을 제시했다. 그렇다, 죽음은 성큼 자라난 비 온 뒤의 옥수수처럼, 세수하고 면도하듯이 자연 현상으로 품위 있게 받아들여야 한다. 가끔 버리고 갈 것에 주변을 돌아볼 때가 있다. 수해 복구 지역 같은 어수선한 작업실은 책과 그림이 대부분이다. 김훈 작가는 책은 버리는데 분신 같은 신발은 못 버리겠다고 했다. 나와 다르다. 그림은 남은 자의 선택이지만 시선과 정신이 머문 책은 아직 버릴 수 없다. 책은 나를 지탱하는 인생 설명서이고 죽음까지도 안내받아야 할 영혼 같아서다. 창 밖으로 화성행궁이 내다보이는 새마을 문고에서 가을 깃든 커피 한잔 마신다. 현대미술 수업의 가장 창의적인 수강생 양선희 님이 봉사하는 곳이다. 화령전을 그린 이 동네 사람 나혜석의 책을 꺼내본다. 그가 살아온 생애가 다시 외롭다.

2025. 8. 25.

남수동에서

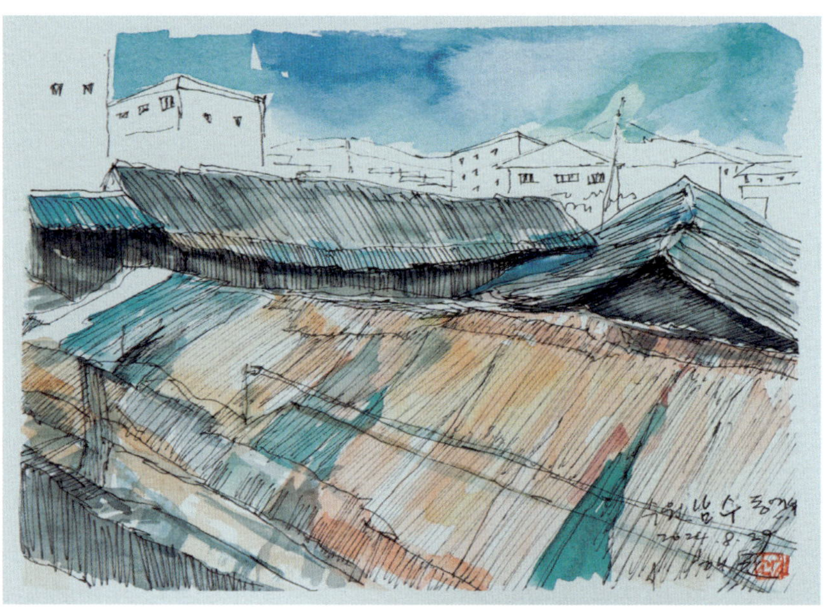

여름이 가고 가을이 밀려온다. 불덩이 같은 열기가 구겨진 아연판 같은 옥탑방 지붕을 그대로 관통해 숨도 못 쉴 지경이었다. 도저히 올 것 같지 않던 가을바람이 화실 문으로 들이닥친다. 여름내 밀쳐둔 것들이 익숙하게 제 자리를 찾았다. 간혹 콩국수를 먹고 싶어 남문 시장에 간다든지 어반스케치 수강생들과 새로운 풍경을 찾는다. 서 있기조차 힘든 더위에 사생은 불가능하다. 이런 날은 전망 좋은 카페가 좋다. 남수문 건너 성곽 자락을 걸었다. 놀라운 풍경들이 무더기로 나타났다. 남수동은 어반스케치의 보고다. 오래된 한옥, 빨간 고추가 익어가는 텃밭, 무언가 궁금하고 조용한 골목길, 슬레이트 지붕이 얽혀있는 낡은 집, 어느 소도시의 마을 같다. 작은 집들을 개조해서 만든 카페들도 여기저기 눈에 띈다. 성곽길 중턱에 메이븐이라는 카페가 웅장하게 서 있다. 실내는 넓고 다소 조용하다. 이곳에서 바라보는 창밖 풍경은 바람처럼 시원한 멋진 그림이다. 에어컨 바람 아래 긴 테이블과 마주한다. 이곳에서 각기 다른 풍경을 그린다. 커피도 마실 수 있고 다양한 브런치를 즐길 수도 있다. 오후 1시가 되어서야 그림을 모아놓고 평가를 마쳤다. 진지하고 건강한 몰입의 시간이었다. 수업을 종료한 이후는 나도 수강생과 동급자연인이다. 유목민의 양처럼 걸어 매향 통닭에 선착했다. 온몸이 전율 가득한 시원한 생맥주에 통닭 살이 더해졌다. 함께 피우는 이야기꽃이 인생을 무르익게 한다. 서로가 서로에게 부딪는 소리, 가을 수수밭처럼.

2024. 8. 29.

능소화가 피어있는 대문

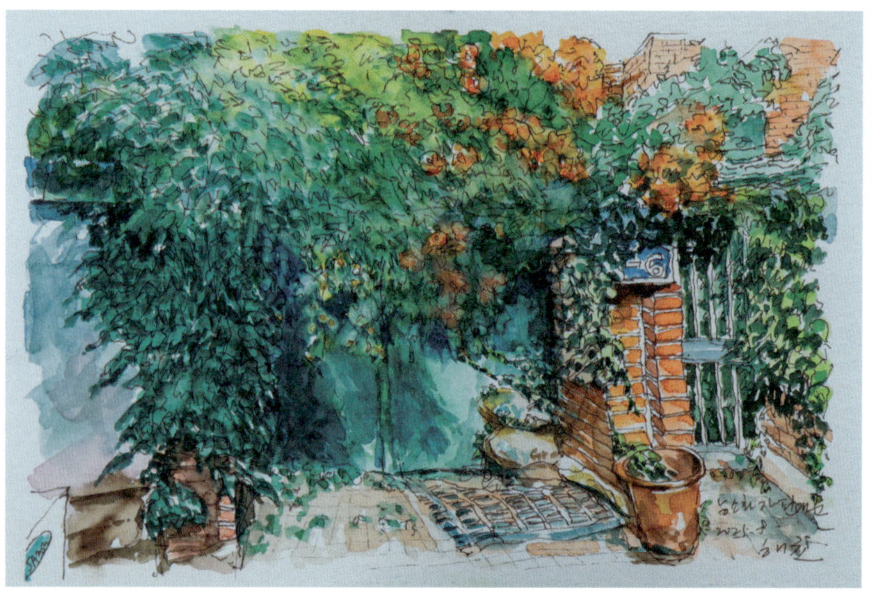

능소화 핀 계절이다. 장미꽃보다 화려하지 않아도 긴 넝쿨 사이 주황색 꽃은 토속적 미가 있다. 정조로를 걷다가 큰길 안쪽 골목에 설핏 스쳐 가는 낯선 풍경을 따라 들어갔다. 그런데 콜럼버스가 신대륙을 발견한 것처럼 이국적인 풍경에 놀랐다. 담장 밖으로 처음 보는 양식의 이색적인 지붕이 보이고, 그 옆 녹색 대문 위에 푸른 넝쿨이 우거진 집이 있었다. 능소화 꽃이 반기지만 대문 앞에 시멘트 포대가 놓여있는 것으로 보아 사람이 살지 않는 것 같다. 도시에도 빈집이 많다. 편리함을 쫓아 아파트로 이사 갔거나 노부부가 살다 다 돌아가서 빈집이 되었을 수도 있다. 하긴 고향의 우리 집도 빈집이 된 지 오래다. 빈집은 추억의 창고 같다. 한 사람의 생애와 한 가족의 희로애락이 묻혀있는 곳이다. 어쩌면 함께 덮고 잤던 이불 장롱도 있고, 가족이 둘러앉아 밥을 먹던 수저와 밥상도 남아 있으리라. 아니 어쩜 인생을 함께 걷던 부부의 신발도 남아 있을지 모른다, 문득 이런 시가 기억 난다.

사랑을 잃고 나는 쓰네
잘 있거라, 짧았던 밤들아
창밖을 떠돌던 겨울 안개들아
아무것도 모르던 촛불들아, 잘 있거라
공포를 기다리던 흰 종이들아
망설임을 대신하던 눈물들아
잘 있거라, 더 이상 내 것이 아닌 열망들아
장님처럼 나 이제 더듬거리며 문을 잠그네
가엾은 내 사랑 빈집에 갇혔네.

— 기형도,「빈집」

2025. 8. 30.

서울농대

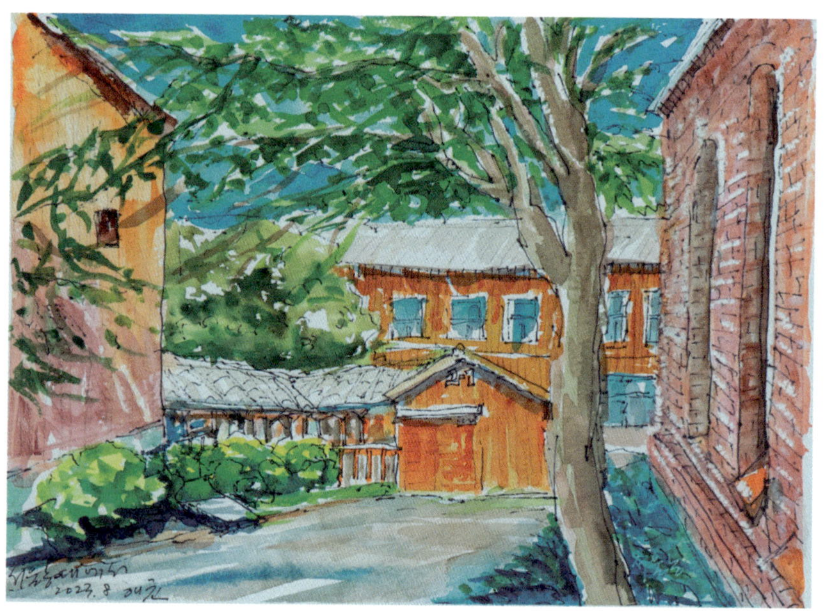

　1907년 수원고등농림학교로 개교한 서울농생명대학은 2003년 서울 관악캠퍼스로 이전하기 전까지는 서울농대 혹은 농대로 불리던 수원의 토착 지명이었다. 80년대 농대 뒤편엔 청춘들의 데이트 장소인 푸른지 대라는 딸기밭으로 유명했다. 수강생들과 스케치를 왔다. 이곳저곳 스케치 소재를 찾다가 이 멋진 공간을 발견했다. 붉은 벽돌의 박물관 건물과 창업지원센터의 화려한 색채가 뭉게구름을 띄어놓은 푸른 하늘과 대비를 이룬다. 무엇보다 건물 사이를 연결한 통로는 마치 서태후가 거닐던 이화원의 장랑을 연상케 하는, 작지만 멋진 회랑이다. 다만 창업 지원센터 1동은 모든 건물이 리모델링되어 안타깝다. 남아있는 현관의 고풍스러운 원형이 아쉬움을 더한다. 농대 앞 천변의 수양버들이 다 잘려 나간 것처럼, 인간에 의해서 변형되는 환경 파괴가 너무나 무섭다. 메타세쿼이아를 비롯한 고목들이 원시림처럼 무성하고 느낌 있는 카페도 멋진 공원을 이루고 있다. 이곳은 2019년 〈아트경기〉 때 전시작가로도 왔고, 경기민예총의 장승깎이 프로젝트에 참여하여, 경기상상캠퍼스 앞마당에서 나무를 깎기도 했던 곳이다. 무엇이고 목적을 가지고 와 한 곳만 바라보던 것과 장소만 생각하며 아름다움을 찾는 것과는 차이가 있는 듯하다. 마치 공동의 일로 만난 사람의 외양보다, 데이트 상대로 정중히 만난 사람의 내면에서 비로소 깊은 속을 볼 수 있는 것처럼. 다시 몇 년이 흐르고 이곳은 나는, 또 어떻게 변할지 궁금하다.

　추억은 효모 같은 것. 삶이 장독의 메주처럼, 사색에서 길어낸 시처럼 잘 무르익길. 들깨 향기 묻어오는 가을바람을 바라본다. 메밀밭을 걸어가는 나그네처럼.

2023. 8. 30.

별을 심는 농부
— 칠보산 도토리 농장에서

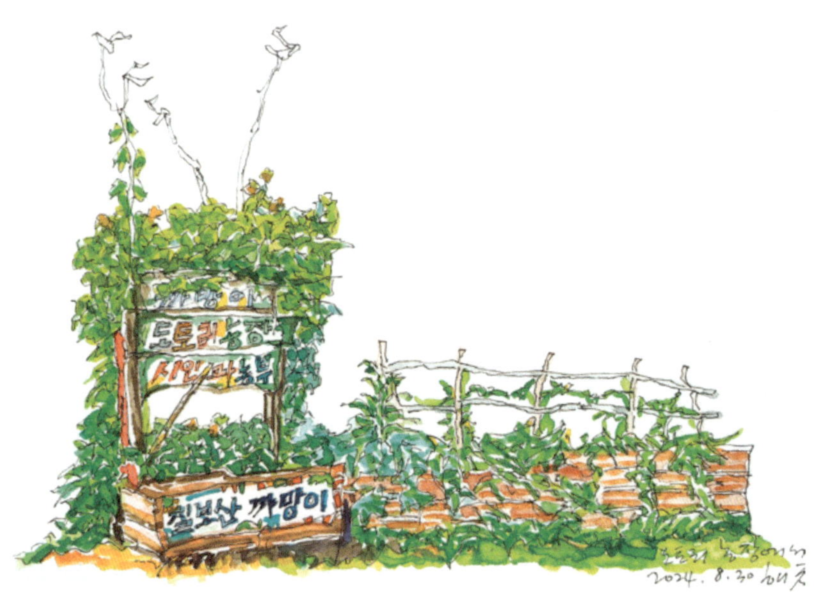

외갓집 가던 여름방학, 미루나무 허리에서 매미가 종일 울어대고 그 나무 뻗쳐 올라간 하늘에 하얀 뭉게구름이 피어올랐다. 뽀얀 먼지가 버스의 꽁무니를 따라가던 신작로 옆 냇가에서 송사리 잡던 기억도 일기장처럼 그립다. 팔월의 야외 스케치는 칠보산 자락 도토리 농장이다. 연일 계속되는 폭염 속에서도 모두 나왔다. 시집『별을 심는 농부』를 쓴 이진욱 시인이 일군 농장이다. 그는 대기업의 유망한 일꾼이었으나 자신의 인생관과 맞지 않다는 걸 깨닫고 이 길을 택했다. 사람은 밥만 먹고 살 수 없다. 사랑도 있고, 진정한 일도 있고, 땀의 가치도 있다. 나는 그의 시골 소년 같은 수수한 인간미가 좋다. 자작나무라 불리는 그는 나의 야간 학교에 한 분기를 마쳤다. 입구에 멋진 자신의 서체로 환영의 팻말을 세워놓았다. 사발 위의 보리밥 같은, 행복을 심는 호미 같은, 흙으로 쓴 시 같은 방榜을 두레마을 촌장처럼 걸어놓은 것이다.

"칠보산을 그리다. 농장에 묻다. 시간을 그리다, 나누다"
— 칠보산도토리교실

　우리는 나무 그늘에서 닭들이 콩밭 속을 헤집고 다니는 자연을 그렸다. 파란 알을 낳은 청계와 새하얀 토끼도 귀엽다. 칸나, 들깨, 군데군데 호박 넝쿨이 올라간 곳에 노란 호박꽃이 피었다. 허공에 솟은 솟대와 가을배추가 돋아난 황토밭 이랑에 농부의 물 비가 내린다. 산들바람, 풀 바람이 그 어떤 인공의 바람보다 시원하다. 스케치북이 질경이 푸른 풀밭에 펼쳐져 전시되었다. 인생의 녹음 아래서 너와 나의 색을 넝쿨처럼 이어.

2024. 8. 30.

팔월, 바람의 미학

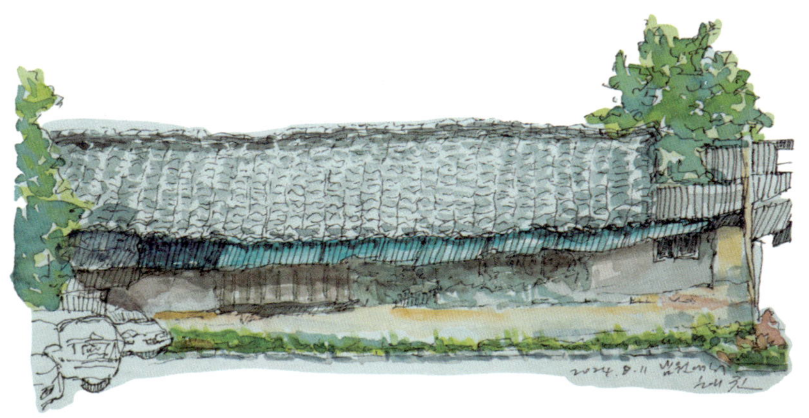

　폭염이 작열한다. 작열은 군더더기 없고 숨 쉴 틈 없는 격투기 선수의 소나기 펀치 같다. 용광로 같은 더위는 폭서라는 수식어도 모자란다. 품격 있는 바람이 필요하다. 종일 에어컨 앞에 있으면 바람의 가치를 잊는다. 동요 산바람 강바람은 '산 위에서 부는 바람 서늘한 바람 그 바람은 좋은 바람 고마운 바람, 여름에 나무꾼이 나무를 할 때 이마에 흐른 땀을 씻어 준대요.'라고 한다. 서늘하다의 어감은 엄청난 땀 뒤에 얻는 소중한 대가이자 납량 특집 유령의 손처럼 간담을 녹이는 형용사다. 회전하는 선풍기 바람이 내 앞에 올 때, 비움과 채움의 가치를 알 수 있다. 바람을 기다리는 사이의 미학, 그게 쉼이다. 스케치북을 정리하다가 지난 여름휴가 때 그린 남원 광한루 앞의 어떤 풍경을 발견했다. 딱 이맘때다. 벌써 누렇게 변한 고전처럼 세월의 깊이를 느낀다. 오랜만에 나무를 주제로 스타필드 수원의 작은 미술관에서 전시회도 열었다. 수원문화재단과 기업이 협업한 일종의 메세나다. 장소의 특성상 대작들을 빼고 비교적 가벼운 것들로 대체했다. 수원문화재단의 작은 미술관 사업은 수원시의 적극 행정 최우수 사례로 선정됐다. 팔월 한 달 진행되는 이 전시가 모쪼록 시민들의 작은 휴식이 되길 기대한다.

2025. 8. 30.

화령전 작약

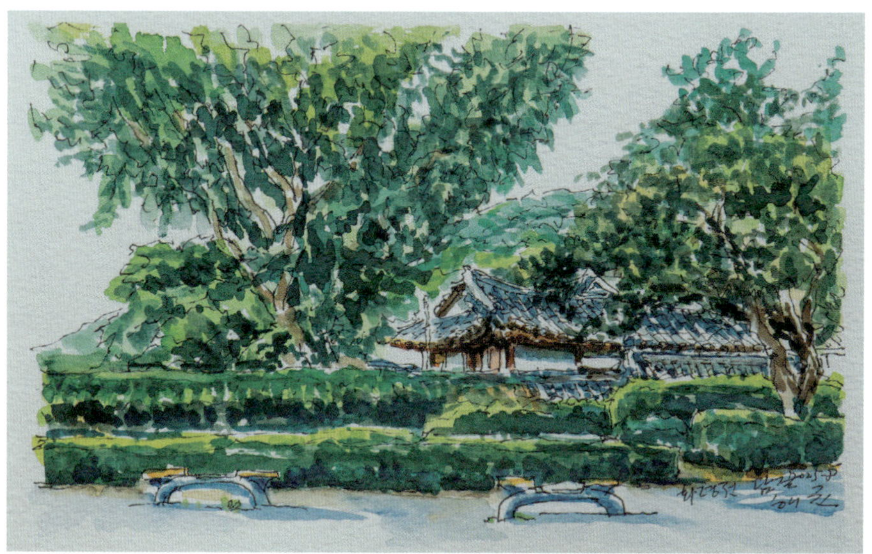

행궁동은 1896년 나혜석이 탄생한 동네이다. 그의 생가터가 있고 부근의 새마을 문고 서가엔 나혜석의 다양한 책들이 별도로 꽂혀 있다. 나혜석의 대표작 화령전 작약을 다시 꺼내본다. 야수파 적인 간략한 화려함이 시절을 당겨와 무르익게 한다. 담쟁이넝쿨이 담장을 덮고 커다란 나무가 안팎으로 푸르고 싱그럽다. 화령전은 화성의 화華 자와 시경詩經의 '돌아가 부모에게 문안하리라(歸寧父母)'라는 구절에서 따온 령寧자로 이루어진 이름이라고 한다. 나혜석의 화령전 작약을 모티프로 이곳엔 여러 작약을 심어 놓았다. 작약은 아름답다. 돌담 밑에 곱게 피어있던 고향 큰댁 뒤란의 작약이 그립다. 고향 생각은 나와 나의 뿌리를 연결하는 통로이자 마음 닐 태안 같다. 이즈음 동네 산자락엔 칡넝쿨이 우거졌고 나는 그것을 걷어와 토끼를 길렀다. 토끼 키우기는 단순한 애완용 사육이 아니라 가축家畜이라는 가족관의 공동체적 생활이었다. 수강생 박용삼 님이 자연과 친구 맺고 조암에서 밭을 가꾼다고 한다. 그의 영농은 건강한 생활과 세월 보내는 방편 같다. 여럿이 그의 농장에 가보고 싶어 한다. 고구마 순이 밭을 덮고 있으니 걷어 가라는 것이다. 고소하고 맛난 고구마 순, 힘든 고구마 줄기 까기는 맛이 아니라 인생을 진지하게 달관하는 과정 같다. 치사하지만 그것은 벌기는 어려워도 쓰기는 쉬운 돈과 같다. 그의 영농이 노동의 가치를 넘어선 정신의 가치가 되길 바란다.

2025. 8. 30.

3부 오래된 거리, 오래된 내일

구 부국원 앞에서

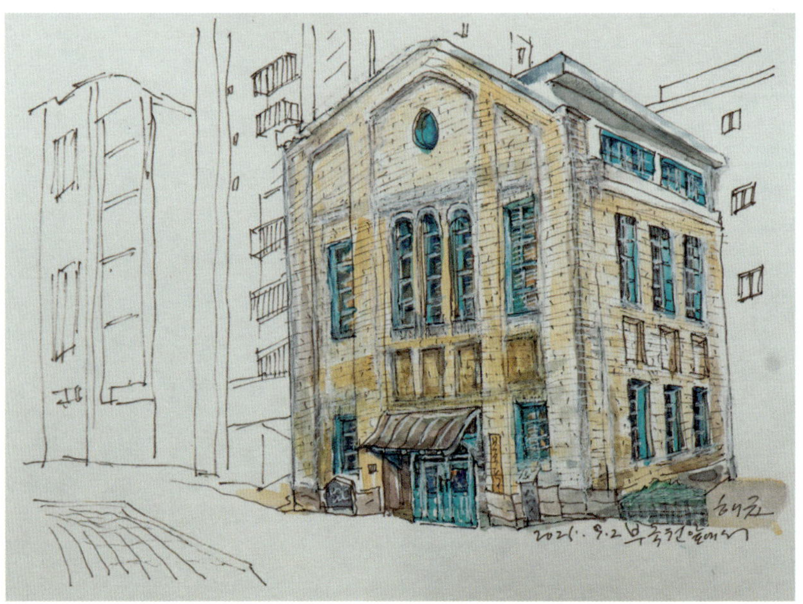

부국원은 종자와 종묘, 농기구, 비료 등을 판매하였으나 조선총독부 산하 농사시험장 등과 연계되어 산미증식계획과 식민지 농업 수탈의 어두운 역사에 일조한 곳이기도 하다. 1950년대 수원지방법원과 지방검찰청, 수원교육청사와 민주공화당사, 수원예총회관 등으로 변모하였으나 1980년대 이후 박 내과라는 병원이 있었다. 청진기를 대고 진료를 하던 오랜 연륜의 원장님은 2015년경 이 건물을 매물로 내놓았다. 나는 이 근대적 향수가 묻은 건물이 참 좋았다. 그러나 한 건설업자가 이 건물을 원룸으로 재건축할 계획으로 사들였다. 나는 언론매체에 이 사실을 알리고 건물이 사라지지 않을까 안타까워했다. 다행히 시에서 이 사실을 알고 재매입하여 위기를 막았다. 건축주는 애초의 계획을 변경하여 부국원 옆에 보이는 원룸만 짓게 된 것이다. 나의 화실에서 뒷문을 열면 팔달산의 사계를 볼 수 있었는데 이젠 이 원룸이 가로막혀 숨이 막힐 듯 답답하다. 벚꽃 피는 봄도, 단풍잎 고운 가을도 볼 수가 없다. 한때는 이 거리가 수원의 중심 신작로였다지만 47년을 살아온 길치곤 그다지 변한 게 없어 어쩌면 정감이 간다. 건너 쪽 행궁동에 비해 유동 인구가 적어 소규모 가게들의 생업은 어렵지만 말이다. 저녁 눈처럼 그리움 묻어오는 이 길을 다시 걷는다. 표구사 아저씨도 목수 아저씨도 보이지 않고 팔미옥 할머니도 떠났다. 하나둘 발걸음 소리가 지워진다. 거리의 불빛만 덩그러니 남겨진 자의 그림자를 드리우고 있다.

2025. 9. 2.

매교동

— 서흥여인숙

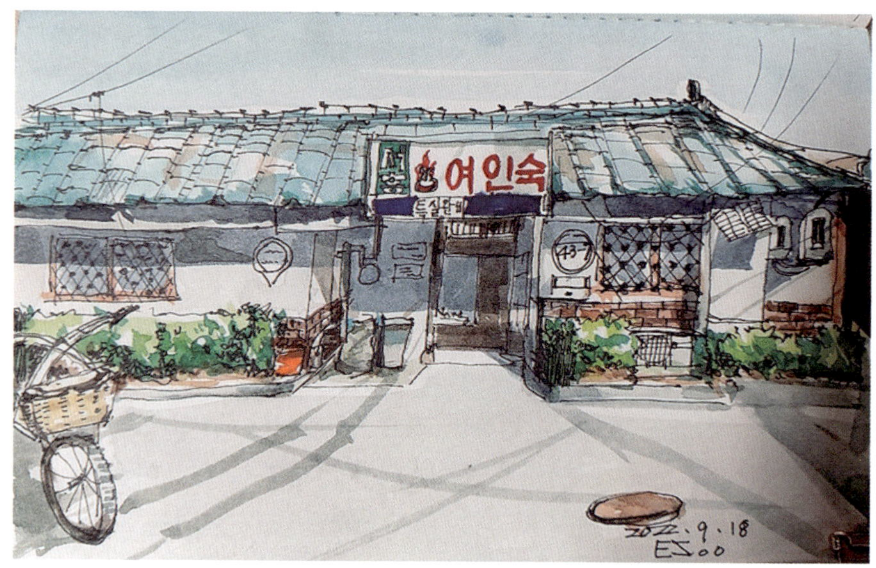

수원 매교동에 있는 서홍 여인숙이다. 여관보다 한 단계 낮은 게 여인숙이다. 모텔이나 호텔보다도 그야말로 여행자가 짐을 풀고 피곤한 하룻밤 묵어가는 순수 숙소의 개념으로 볼 수 있을 것이다. 술만 판다면 옛날의 주막과 비슷한 영역 같다. '월세방 있음', '특실완비'라는 간판과 알림 스티커가 더덕더덕 붙어있는 모습이 사뭇 정겹다. 45년 전 교동으로 처음 이주 했을 때부터 보아왔던 것 같다. 행랑채 안쪽으로 들어가니 하회마을이나 무섬의 고택에서나 볼 수 있는 ㅁ자형 구조의 방이 다닥다닥 마주하고 있다. 이곳의 특실은 어떠할지 궁금했다. 의외로 방은 남아있지 않다고 했는데 주로 중국인 노동자들이 월세살이를 하기 때문이었다.

방문 앞 댓돌에 신발들이 나란히 놓여 있는 이채로운 풍경을 오늘은 수강생 한이수 씨가 그렸다. 정면 구도로 회화적이면서도 어반스케치적 요소를 잘 갖추고 있다. 그녀는 미대를 가지 못했지만, 학창 시절부터 그림을 잘 그린다는 칭찬을 많이 받아왔다고 한다. 필력과 색채 운용이 보통이 아니다. 늦지 않은 발걸음은 그가 즐겁고 행복하게 무지개처럼 아름다운 그 옛날 청춘의 색을, 하얀 도화지 위에 한가득 담고 있기 때문이다.

2022. 9. 18.

이집트
— 오래된 내일

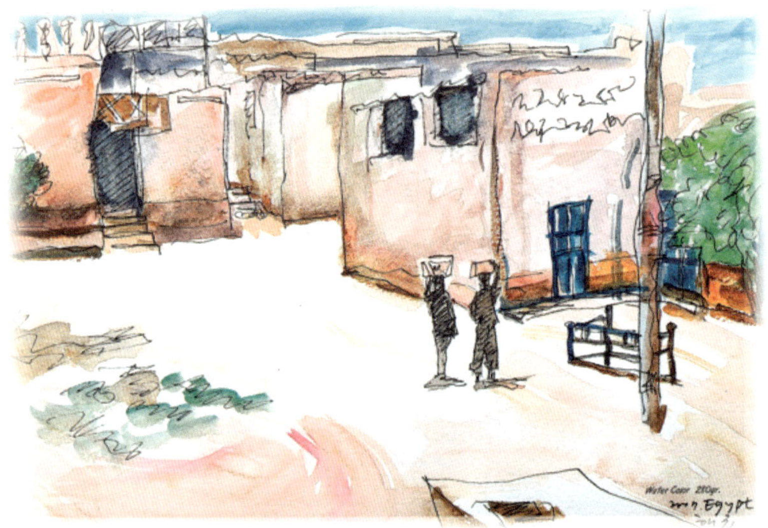

올해는 나의 회화 인생 30년이 되는 해이다. 내가 살고 있는 수원보다 아이러니하게도 용인의 한국미술관에서 규모 있는 회고전이 열렸다. 인근 도시에서라도 초대받게 되어 매우 고맙고 기쁜 일이다. 그림을 끄집어내어 전시를 준비하면서 지난 30년의 묵은 그림들을 비로소 다시 보게 되었다. 30년 아카이브 중에서도 스케치 작품들이 유독 많았다. 1,000여 점의 오래된 그림들이 하나둘 밖으로 나왔다. 이 그림들도 함께 하려다 워낙 방대하여 언젠가 스케치 전만 따로 해봐야겠다고 생각을 고쳤다. 아내가 많이 아쉬워한다. 이 많은 그림을 어떻게 해야 할지 또 다른 임무가 억누르고 있는듯하다. 살날이 점점 줄어드니 더욱 현실로 다가오는 모양이다. 문득 2003년쯤으로 기억되는 이집트 여행이 생각났다. 거대한 룩소르와 카르나크신전의 석주와 오벨리스크에 감동했고, 파라오의 미라를 보며 삶과 죽음뿐 아니라 죽음 이후의 세계도 성찰하게 되었다. 물론 영원히 살고 싶은 신앙적 기원에서 비롯되었겠지만, 과학이 죽음 이후를 증명해 주는 오늘날엔 남은 분들에 대한 책임과 부담을 정리해 주는 게 더 중요함을 느낀다. 무엇이고 현재에 존재감이 있고 가치가 있는 것이다. 죽어서 조명된다고 해서 본인에게 무엇이 도움이 되겠는가. 그런데도 우리는 꿈꾼다. 오래된 내일의 추억과 화려한 부활의 노래를. 알랭 드 보통은 말했다. 예술은 경험을 기록하는 방식이라고. 우리는 모두 경험을 기록하고 경험하다가 경험의 유산을 남긴다. 죽음 이후의 일마저도.

2023. 9. 19.

교동 다정마트

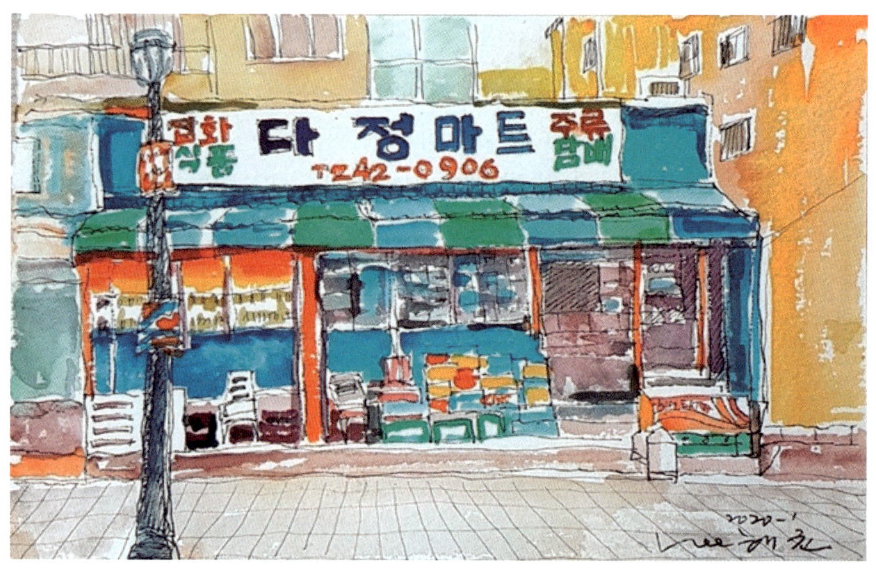

가을이 비로소 스며든다. 여름 불볕은 속수무책, 쌓인 분노 같았다. 규정하기 어려운 계절은 기습적이다. 분잡한 책장을 바라보다가 눈에 띄는 시집 하나를 펼쳤다. 무르익은 감잎 향이 책갈피를 타고 흐른다. 행간은 짧고 온통 상처투성이였던 지난 열정들이 마음 한쪽을 흔든다. 불면의 시간은 차라리 반납해야 했다. 나는 문득 최승자 시인의 '너에게'라는 시를 길어 왔다.

> 마음은 바람보다 쉽게 흐른다.
> 너의 가지 끝을 어루만지다가
> 나는 네 심장으로 들어가
> 영원히 죽지 않는 태풍의 눈이 되고 싶다.

비장한 결심은 다 어디로 갔을까. 가을은 작별이거나 잊힌 추억 같다. 흩어진 스케치를 모으다가 향교 앞 다정마트를 발견했다. 가게 안의 방에서 까만 비닐봉지에 물건을 담아준 후, 백 원짜리 동전을 거슬러 주던 주인아저씨가 떠오른다. 미닫이창 사이 어두운 방엔 액자에 담긴 가족사진이 비스듬히 아래를 내려보고 있었다. 언젠가 지원 사업이 있었는지 정감 있던 낡은 간판이 새것으로 바뀌더니 이젠 아예 사라졌다. 이웃집 춘천막국수도 뜯겨 나가고 정 때 묻은 흔적들은 모두 공터가 되었다. 그리고 우리는 모두 그 추억을 캥거루 새끼처럼 가슴 주머니에 넣고 다닌다. 추억은 사라지지 않는 꿈 같다. 그럴까? 먼 훗날 나 없는 세상에서 내가 놓아준 나의 분신 같은 작품들도 누군가의 추억 속에서 숨 쉴 수 있을까.

2024. 9. 25.

보정동 카페거리에서

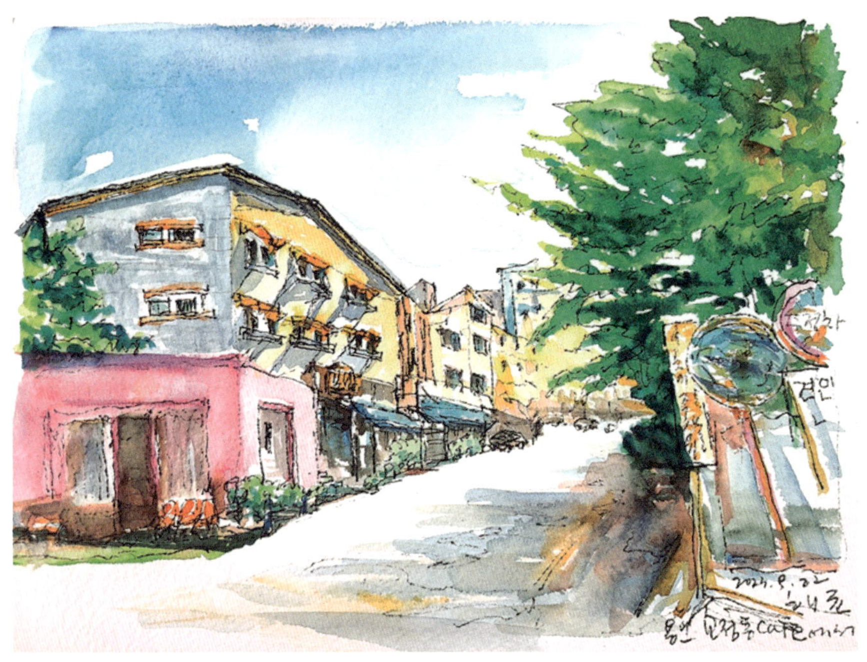

나의 개인전에 수강생들이 관람 왔다. 예기치 않은 도슨트가 됐다. 작품을 놓고 미주알고주알 얘기하는 것이 내키지 않을 때가 있다. 황병승 시인이 인터뷰를 거절한 이유처럼, 그림도 관객이 보고 느끼고 해석하는 게 더 중요한 것 같다. 작가의 의도를 모두 알게 되면, 이야기의 확장성 없이 움직임을 멈춘 듯한 그림만을 마주하게 된다. 어쨌든 스케치도 겸해 왔으니 관람 후 근처의 보정동 카페거리를 찾았다. 아기자기하고 이국적인 정취가 담긴 젊은 분위기의 거리이다. 커피와 파스타, 북카페, 레스토랑, 옷 가게 등이 테라스와 마당으로 연결된 곳에 편안한 의자가 있는 풍경이 참 좋았다. 와플이나 크레이프 등의 브런치를 겸해 많은 나무그림자가 터널을 이루고 있는 노천카페에서 그림부터 그릴 것을 괜히 중국집에 들어가서 시간을 많이 놓쳤다. 테이블마다 주문 및 정산기가 있어 먹고 싶은 걸 선택하고 요금도 카드 정산을 할 수 있는 퓨전식 식당이다. 이 거리는 인근에 대학이 있어 문화 행사, 대학 축제, 작품전시회 등 문화 특화거리로 조성되고 있었다. 모두 떠나고 수강생 P님과 노천카페에서 스케치하며 커피 한잔 나눈다. P님은 몇 해 전에 아내를 잃고 몹시 허전한 모습이 그림자처럼 드리워져 있다. 암으로 세상을 떠나셨다고 했는데 아직도 프로필 사진엔 아내와 찍은 사진이 그의 그림으로 남아 있다. 병세가 심해지자 여보, 살려달라고 매달릴 땐 세상이 무너지는 것처럼 슬펐다고 한다. 아직도 일주일에 한 번 아내의 묘소를 찾는다는 그의 아내 사랑에 나도 함께 눈시울을 적셨다. 그림 속엔 이렇게 적혀있다.

"당신과 함께해서 행복했어요."

P님의 남은 인생이 행복했으면 좋겠다.

2023. 9. 26.

매교동
— 오래된 거리

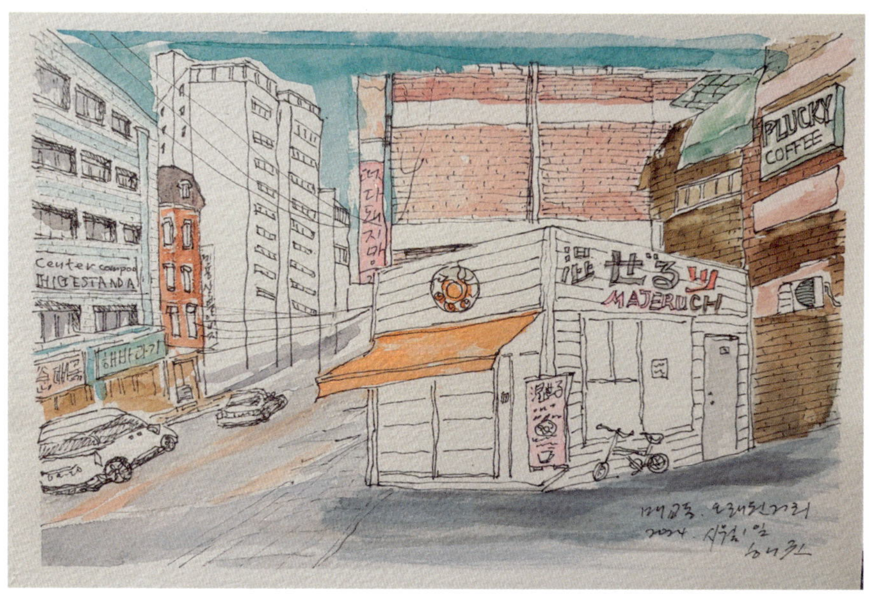

자영업자가 힘들다. 빈 가게가 너무나 많다. 인터넷 세상이고 배달의 시대이니 가게 월세 내고 인건비 배달비에 힘들 수밖에 없다. 급등하는 원자재와 고금리는 더욱 견뎌내기 힘든 상황이다. 매교동 거리는 대부분 옛 모습을 잃지 않고 있지만 급격한 아파트와 오피스텔 상가 등의 유입으로 변화하고 있다. 출·퇴근만으로도 하루에 한 번은 지나가는 이 거리가 익숙하고 정겹다. N 작가는 미술학원과 함께 떠났고 결혼식장도 사라졌다. 대신 거리 끝에 새로운 모습을 갖춘 중앙침례교회는 대형 교회의 위용을 더욱 강화하고 있다. 아무리 새로운 것이 마을을 지배해도, 사람은 낮은 추억을 입고 살아간다. 시골 막걸리가 아파트에 밀려나 부근에 새 둥지를 틀었고, 그 분위기를 이어가고 있다. 주인이 그대로니 단골은 따라가는 것이다. 춘천 메밀막국수도 재개발로 밀려나 근거리의 팔달산 자락으로 옮겼다. 홀 입구 의자에 앉아 현금을 받는 할머니는 아직 그 자세 그 표정으로 엄숙히 옛 모습을 잇고 있다. 모두가 현재의 자리를 질경이처럼 끈질기게 잘 살아 냈으면 좋겠다. 바람이 점점 식어 소슬히 흐른다. 문득 가을 시 한 편 기억해 본다.

가을에는
기도하게 하소서
낙엽들이 지는 때를 기다려 내게 주신
겸허한 모국으로 나를 채우소서
가을에는 사랑하게 하소서
오직 한 사람을 택하게 하소서
가장 아름다운 열매를 위하여 이 비옥한
시간을 가꾸게 하소서.

— 김현승,「가을의 기도」중에서

2024. 10. 1.

화성 융릉 개비자나무

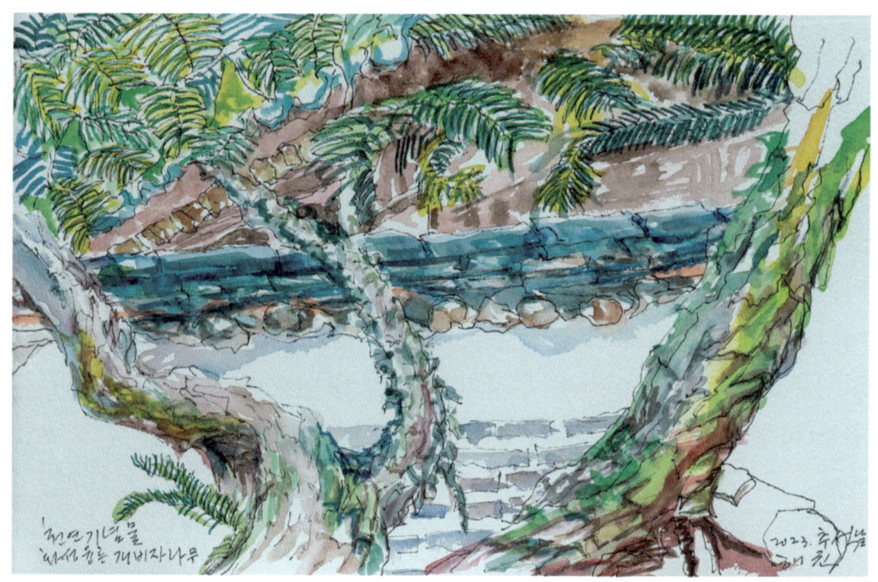

아내가 많이 지쳤다. 밤새 음식 준비에 온 힘을 다한 것은 조상에 대한 예도 있지만 아들 며느리와 딸 사위를 위한 사랑에 더욱 힘을 낸 것 같다. 불평은커녕 즐겁고 좋아서 한 듯 보이지만 피곤해 보인다. 아침에 아들 내외가 왔다. 다 차려진 아내의 정성스러운 음식으로 추석 차례를 마쳤다. 일단 모두가 한숨을 잤다. 점심시간을 훨씬 넘겼지만, 고단한 아내를 더 이상 힘들게 하고 싶지 않아 교외로 나가기로 했다. 명절 때마다 주로 가던 융건릉이다. 푸른 소나무잎과 상수리나무 잎이 폐부를 활짝 열어준다. 녹색 잔디밭과 파란 하늘에 갈대밭도 초가을의 서정을 이룬다. 흐린 눈을 맑게 닦아주는 기분이다. 내려오는 길에 아늑한 재실에 들렀다가 천연기념물 개비자나무를 보았다. 거칠면서도 화려한 나무 비늘이 너무나 아름다웠다. 문득 내장산의 비자나무와 비슷한 레바논산맥의 백향나무가 생각났다. 그곳의 백향목 군락은 꿈처럼 영화의 한 장면처럼 아름다웠다. 백향목은 레바논 국기에도 들어있지만, 성경에서 솔로몬이 성전을 지을 때 사용했던 나무라고 알려졌다. 눈 덮인 레바논산맥의 브샤레 마을에서 본 칼릴 지브란의 생가미술관도 기억에 남아있다. 『예언자』를 쓴 그는 글도 글이지만 그림도 정말 좋았다. 예언자의 집을 나와 나는 히치하이크에 성공하여 백향목을 볼 수 있는 행운을 얻었다. 융릉의 비자나무는 조금 변형되었지만 같은 과라 해서 개비자나무라고 부른다. 순수한 시골 총각의 눈동자처럼 맑은 색채다. 그런데 '개'라는 말을 '참'이나 '준'으로 고쳐 쓸 수는 없을까?

2023. 10. 4.

사라지는 것과 잊히는 것

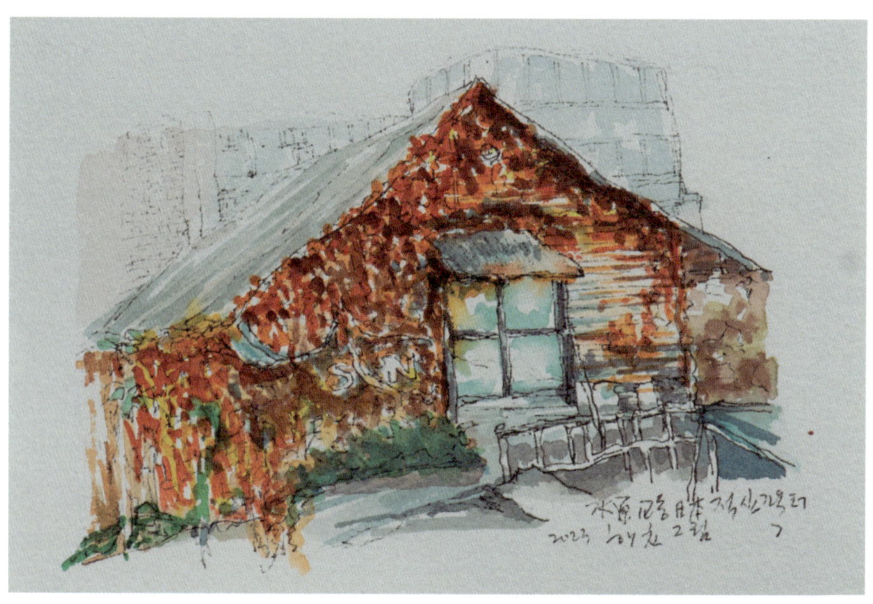

사라지는 것은 아직 문이 닫히지 않아 꼬리를 보이고 있지만, 잊히는 것은 이미 마음 밖을 떠나 어떤 심상도 도달하지 않는 형상의 부재이다. 사랑도 미움도 아닌 건축물 하나가 내 기억 속에서 사라졌다. 나의 화실은 5층 꼭대기 옥상에 붙어있는 조그만 방이다. 가끔 작업하기에 비좁다는 생각이 들 때가 있지만 나의 벽면 한쪽은 웬만한 크기는 수용할 화판이 되어주고 있다. 그러나 계절에 매우 민감한 방이다. 하늘과 마주한 지붕은 땡볕이 무방비로 스며들고 겨울이 시작되면 가장 먼저 삭풍이 얇은 벽을 파고든다. 그래도 봄가을은 민감하여 좋다. 뒷문을 열면 파란 하늘과 마주하고 건너편 가까이 팔달산이 눈높이에 있다. 꽃이 피고 지며 눈이 오고 비바람이 부는 풍경을 계절 따라 느낀다.

눈을 내리면 바로 아래 내가 40년 넘게 살아온 교동의 부국원, 성공회 등이 보이고 소문으로만 전해 들은 일본군 헌병대의 건물 한 채가 있다. 낡은 목조 건물이지만 담쟁이넝쿨이 감싸고 있는 모습이 너무나 아름답다. 후배가 화실로 사용하고 있던 이 건물과 넓은 마당(주차장)이 어느 날 사라졌다. 한 건설회사가 이 땅을 매입하여 커다란 빌딩을 짓게 된 것이다. 문화재 유물조사단이 몇 달간 땅을 걷어내며 발굴을 마친 후였다. 참으로 잠깐 사이에 내 화실 주변은 모든 게 바뀌고 사라졌다. 뒷문밖에는 공사가 진행 중인 높은 건물이 가로막고 있다. 더 이상 볼 수 있는 풍경들은 사라지고 목련꽃이 피는 모습도 벚꽃 핀 팔달산의 모습도 가려져 잊히고 있다. 어찌하랴 나도 많은 세월에 이렇게 변해 버린 것을.

2023. 10. 11.

한데우물과 단오 카페

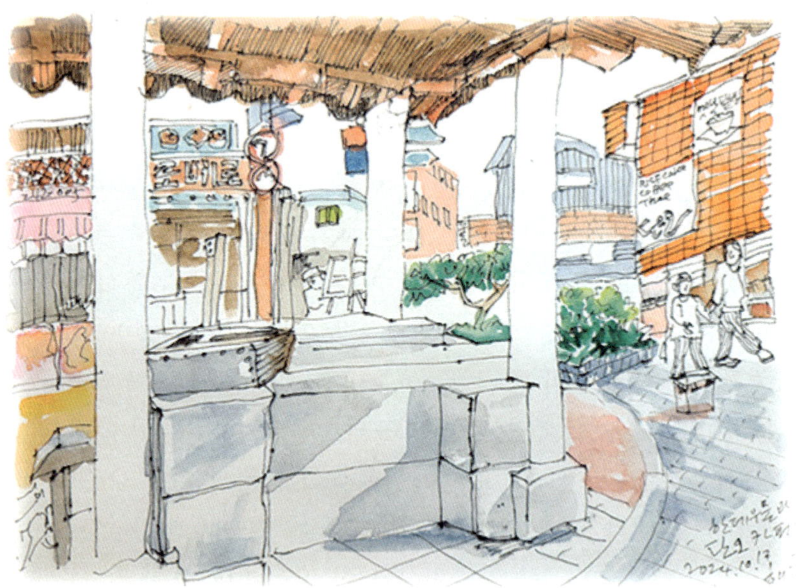

가을이 어느새 깊었다. 무엇이고 시작은 끝이 닿아있다. 사랑 끝에 이별이 닿아있듯. 삶 끝에 죽음이 닿아있듯. 놓을 수 없는 끈이 인생이다. 가을이 봉숭아 꽃씨처럼 빛을 터뜨린다. 빛보다 빠른 건 없다. 빛은 형체 없는 시간의 나날이다. 가느다란 허리의 가을 깃 따라 단오 카페에 발길을 놓았다. 예쁜 간판 곁에 연극배우 표수훈 사장과 디자인을 전공한 조민경 부부의 흑백 사진이 다정히 걸려 있다. 표 사장은 상시 꺼내놓은 미소로 반겼다. 은은한 향이 흐르는 커피잔에 정이 서렸다. 어제의 시 축제와 한데 우물제를 엮은 그의 이야기는 잘 차려진 밥상처럼 풍미가 돌았다. 한데 우물가와 마을 안내소, 행궁 사랑채엔 해설사가 상주하고 있었다. 사랑방 손님과 어머니를 촬영한 한옥과 한데 우물이 가장 큰 스토리 텔링이 되었고, 근처의 후소 오주석 선생의 옛 터도 잘 다듬어진 문화공간이었다. 노란 가을빛이 찻잔으로 쏟아졌다. 어제의 한데 우물제는 밥과 국과 맛난 반찬으로 시민들에게 봉사했다고 하며, 남창동 시인 최동호 교수의 한데우물 발원문으로 시작되었다고 한다. 행사로는 '2024 수원 KS 국제문학상 시상 및 국제 시 축제'가 있었는데 골목에 시화전도 열리고 있었다. 표 사장의 마을 사랑은 특별했다. 남창동南昌洞이 창성을 의미한다고 하여 번성의 꽃 능소화를 마을 꽃으로 퍼뜨리려는 진지한 노력도 알 수 있었다. 그의 카페 옆에 심어놓은 능소화가 그것을 증거하고 있었다. 후대까지 생각하는 그의 마을 사랑은 무르익은 가을빛 같았다.

2024. 10. 13.

산루리
— 구천동

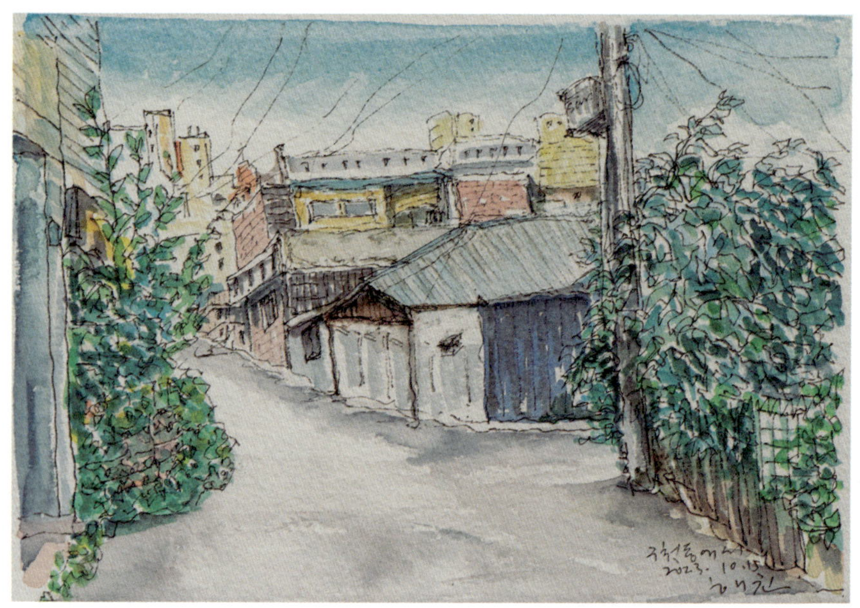

아무리 가까운 곳이라도 미처 보지 못한 사각지대가 있다. 일상속에서 늘 오가는 길을 우리는 매번 반복해서 걷기 때문이다. 출퇴근하는 길, 간혹 들리는 은행과 세탁소와 이발소, 그 외에 마트나 빵집 등 소모품을 사는 시장길만 익숙한 것이다. 나의 생활권인 산루리의 중동, 구천동만 해도 가끔 가는 철물점이 전부였는데 오늘에야 비로소 뒷골목을 세세하게 돌아보게 되었다. 평범한 도시 소시민들의 안락한 거주지가 정겹다. 집 앞의 화단과 울타리를 감싼 넝쿨들과 등대처럼 우직한 전봇대와 엉켜있는 전선 줄들이 사람과 사람을 연결해 주는 소통의 회로 같다. 수년 전 보쌈집을 하던 가영이네는 멀리 부천으로 이사 갔다. 그 자리에 벌써 여러 번 주인이 바뀌었고 지금은 그 위치마저 찾기 힘들 정도로 변했다. 산다는 게 이웃을 잃고 또 만나고 자라는, 그러다가 종래는 잊히는 풀잎 같다. 요즘 들어 문화계 원로들이 하나둘 떠나고 있다. 박서보 화백은 "변하지 않으면 추락한다. 변화해도 추락한다"라는 말을 남기시고 단풍 붉은 시월에 떠나셨다. 긍정의 시인 김남조 님도 아름다운 시만 남기고 앞서가셨다. 문득 선생님의 「편지」라는 시의 한 대목이 생각난다.

그대만큼 사랑스러운 사람을 본 적이 없다
그대만큼 나를 외롭게 한 이도 없다
이 생각을 하면 내가 꼭 울게 된다
그대만큼 나를 정직하게 해 준 이가 없었다
내 안을 비추는 그대는 제일로 영롱한 거울.

2023. 10. 15.

버드내 옆 구천동

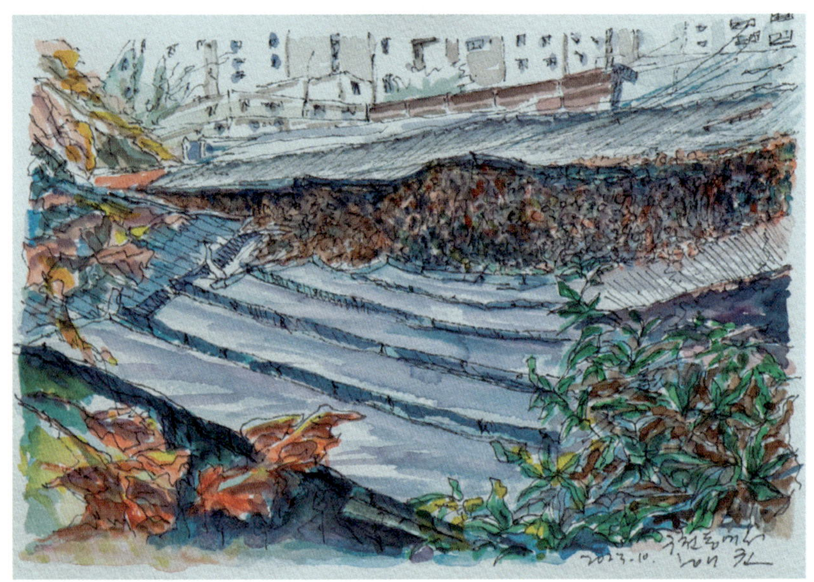

수원천의 옛 사진을 보면 빨래하는 여인들의 모습과 아이들이 멱 감는 풍경이 담겨있다. 요즘도 간혹 세류동을 지나는 여름 버드내엔 어린이들이 물놀이하는 모습을 볼 수 있다. 모든 풍경을 천천히 바라보면 음표가 되고 스케치가 된다. 시냇가에 울려 퍼지는 아이들의 노는 소리와 윤슬이 반짝이는 느린 물소리는 슈만의 〈어린이 정경〉 중에서 트로이메라이('꿈')이 떠오른다. 도심을 지나는 수원천의 모습도 시대에 따라 변하였다. 정치인이 바뀔 때마다 복개와 해체를 거듭했다. 구천동의 한 시절은 빨간 등불이 있는 허술하고 희미한 술집에서 양은 냄비를 두드리는 젓가락 소리가 들려오기도 했지만, 몇 차례의 정비 끝에 단정한 공구 거리로 환생했다. 현재는 수원 공구단지가 생겨 대부분 고색동으로 이전 하였지만, 아직도 공구와 함께 철물점, 건재상회, 쇠를 달구는 대장간의 불빛은 꺼지지 않고 있다.

쇠락하는 것과 흥하는 사이의 아름다운 옛 모습은 오랜 세월 쓰러지지 않고 잘 견뎌왔다. 슬레이트 지붕과 기와지붕 아래 담쟁이넝쿨이 가을을 물들인다. 골목길은 땅의 습기와 발소리를 세세하게 받아들인다. 땅과 벽과 넝쿨 사이에서 자란 시간의 무늬가 바람에 새겨지고 있다. 그런 곡선의 시간이 스피디한 직선의 공간 뒤에 있다는, 시적 내재율과 느림의 미학이 깃들었기 때문이다.

삶이 공허해질 때 골목길을 걸어보라. 한 번도 떠나지 않은 엄숙한 당신의 그림자를 앞세우고 지난 시간을 길어 올리며.

2023. 10. 17.

보통리에서

　오랜만에 수강생들과 보통리로 스케치를 떠났다. 먼 여행이 아닌 교외이지만 도시를 벗어 난다는 것은 색다른 휴식이다. 물 위에 뜬 연잎은 아직 푸르고 그 위로 가끔 오리들이 튀어 올라 무겁게 날고 있다. 저수지 둘레길을 돌며 스케치 소재를 살핀다. 멋진 주택들이 전망 좋은 언덕에서 수면을 내려다보고 있다. 소설 속 같은 빨간 집, 텃밭을 단정히 가꾼 모습이 풍성해 보인다. 굵직한 무와 억센 열무, 엄청나게 큰 작두콩, 속이 꽉 찬 배추도 싱싱하다. 모든 잎이 조금씩 색을 잃고 있다. 겨울을 준비하기 위해 자연도 인간도 광합성 에너지를 비축해야 할 시점이다. 길가의 고들빼기 들깻잎이 그윽한 가을 내음을 선사한다. 이즈음은 고들빼기김치와 깻잎김치를 담글 때이다. 골목엔 양념 냄새가 가득했다. 아랫목엔 삭힌 감과 우물가엔 삭힌 깻잎이 옹기 독에 담겨있었다. 우리는 전망 좋은 카페에서 저수지와 건너편 전원주택들을 바라보며, 각자 맘에 드는 풍경을 스케치했다. 밖을 나오니 마음들도 한결 새롭고 그림도 즐겁고 재미있어 보인다. 시월도 떠난다. 철새처럼.

2024. 10. 23.

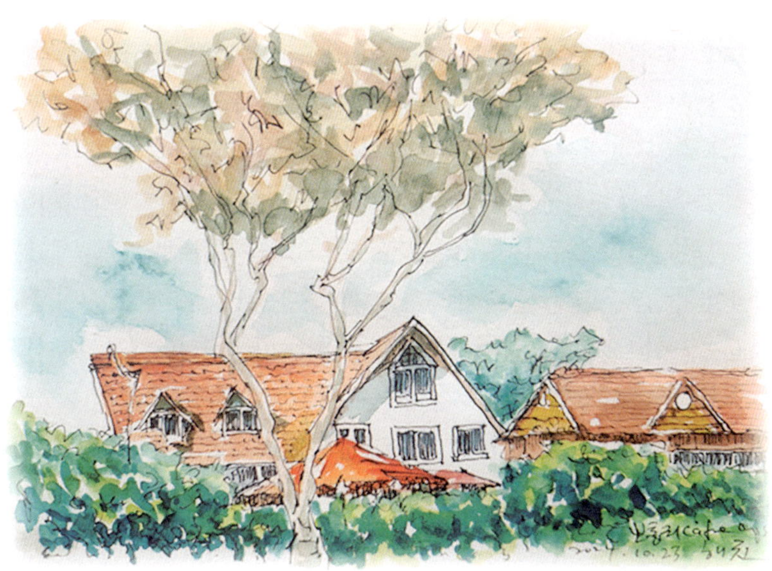

가을을 담다

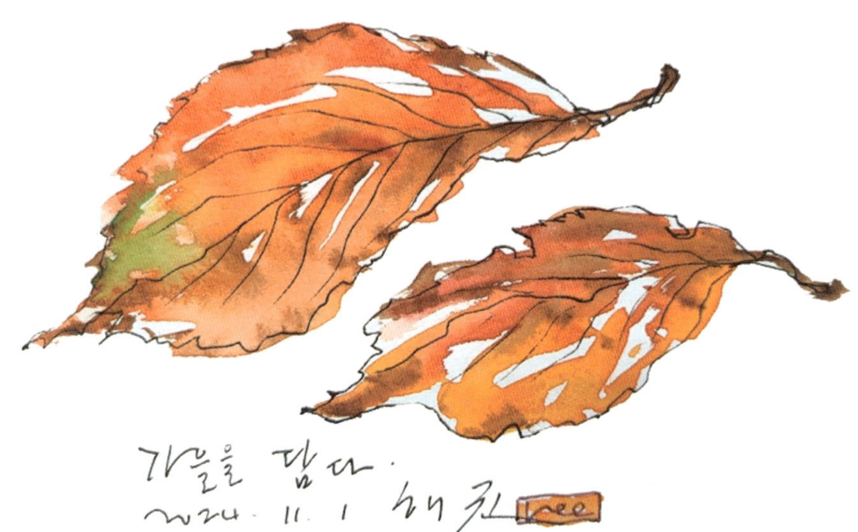

해마다 가을이면 단풍을 그렸다. 수원시가족여성회관은 국가등록문화 유산이지만 몇해 전, 담을 걷고 개방했다. 아름다운 석조 건물은 시민들이 쉽게 드나드는 공간이 되었고 뒷마당 손바닥 정원을 거느리게 됐다. 교실에서 낙엽 그리기 구도와 채색법을 설명하고 밖으로 나왔다. 흐리고 소슬한 날씨에 올해는 단풍색마저 좋지 않지만, 낙엽에 누워 사진을 찍기도 하고 소풍 같다고 즐거워한다. 햇빛이 좋으면 빛에 반사된 단풍은 화려한 발색을 내는데 그 자체로 아름다운 수채화가 된다. 스케치 후 함께 사진을 찍었다. 기념사진은 인생의 순간을 채집하는 추억의 집합이며 삶을 엮는 진지한 양식이다. 사진에 담긴 얼굴들이 하나둘 떠날지라도 그립고 아름다운 추억의 언어는 변할 수 없다. 다음 주엔 가을빛이 밝아 빛의 색을 충만히 가질 수 있었으면 좋겠다. 가을빛에 호박고지와 각두기 무를 발에 말리던 풍경이 떠 오른다. 호박고지찌개와 양념 향 가득한 무청 김치가 있는 상차림은 최고의 밥상이었다. 무엇보다 나의 생일을 위해 부분 탈곡한 윤기 있는 햅쌀밥에, 뽀얀 쌀뜨물로 끓인 미역국을 차려주신 어머니가 그립다. 정성 가득한 밥상은 내게 차려진 영원의 성찬이었다.

2024. 11. 1.

가을 인사동에서

완벽한 것보다 틈이 있는 것, 새것보다 발효된 멋이 있어야 걸터앉기 좋다. 가을이라 여기저기 전시회가 많다. 몇 군데 단체전에 참여하게 되었다. 인사동은 항상 막걸리 같고 파전 같아 좋다. 보기만 해도 반가운 친구처럼. 너무 아름다운 양귀비꽃은 표독하고 그저 아름다울 뿐이지만, 그래서 마음 열기 어렵지만. 소박한 들국화같이 정감 있는 꽃은 자연스럽고 친근하고 여백이 있어 좋다. 인사동이 그렇다. 그곳에 가면 막걸리도 있고, 찻집도 있고, 친구도 있고, 여기저기 당기는 골목길이 있어 좋다. 뻔뻔한 민낯으로 그림 걸어 놓고 남의 그림도 들여다보며, 그간의 소사가 널어가고 넋두리는 자꾸만 팽창한다. 예술이라는 택도 없는 주제는 뻔한 빙자지만 그래도 모른다. 누군가는 시퍼런 눈을 부라리고 역사를 지배할 명작에 인생을 저당 잡을지도. 그래서 예술의 안주는 칼칼하다. 한 잔 두 잔 따라다니는 안주가 메마를지라도. 나의 그림과 너의 그림은 자존심 있는 영업비밀이다. 그냥 네가 좋고, 다시 볼 수 있는 너의 뒷모습이 좋다. 불현듯 바라보는 조응의 미학, 취기에 다소 객기가 흘러도 용서가 되는 동질의 동업자들이라 좋다. 카페인 같은 그리움 삭여 움푹 파인 가을 고독에 빠진다. 이곳저곳 골목에 등이 내 걸리면 불빛에 아른거리는 고단한 삶의 향수, 나는 작별한다. 어깨에 외로움 얹고, 낙엽이 눈발처럼 나뒹구는 종로를 두고.

2024. 11. 13.

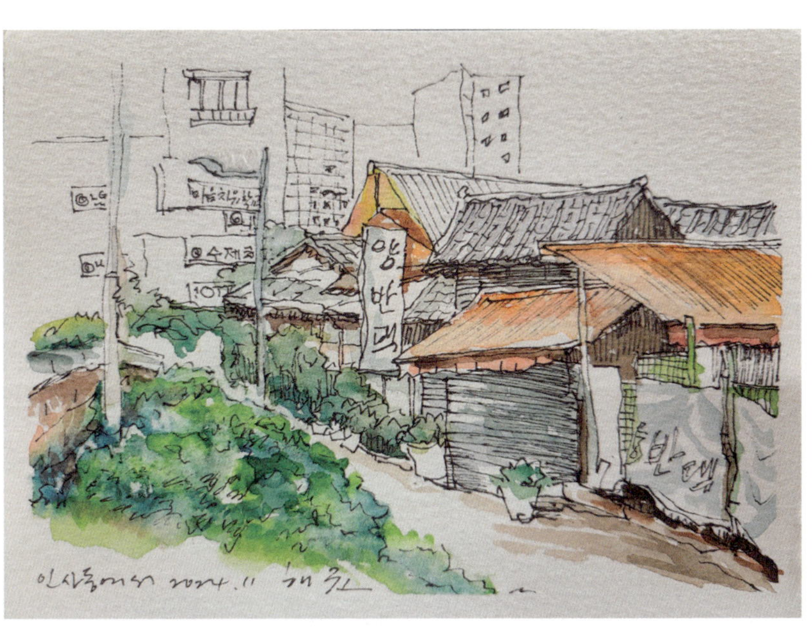

양
반
떡
양반떡
인사동에서 2024. 11

추상적nature
— 세계여행스케치

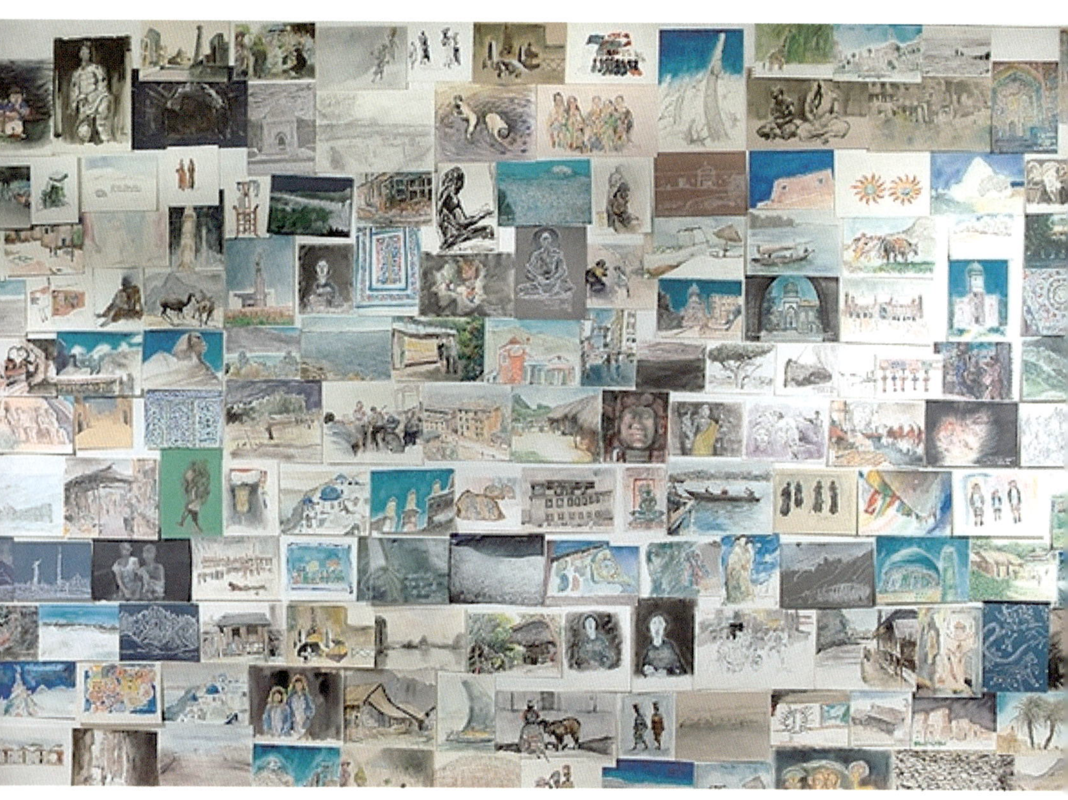

　나의 회화 30년 기념 추상적nature전이 해움미술관에서 열렸다. 그간 작업해 온 심상적 자연을 주제로 한 추상 작품과 세계 스케치 여행을 떠났던 2000년부터의 스케치 작품으로 구성했다. 나의 첫 여행은 거칠고 열악했던 인도였다. 마살라라는 묘한 향신료가 역겨워 식사를 거의 하지 못했다. 손가락이 수저였던 인도인들의 식사 모습, 지저분한 화장실, 숨쉬기조차 힘들었던 초만원의 열차, 뿌연 매연을 뿜어대며 거리를 누비는 오토릭샤는 현기증이 날 정도였다. 돌아오는 비행기 안에서 인도는 다시 가지 않겠다고 다짐했다. 그러나 돌아서면 그리운 곳이라는 인도를 나는 무슨 중독처럼 서너 번 다시 갔다. 가장 아름다웠던 곳이 어디였냐는 물음에 나는 아직 대답하기 어렵다. 모든 나라의 여행지가 나름대로 아름다움과 멋이 있었기 때문이다. 가장 긴장되었던 시리아 여행은 레바논과 요르단 여행에 포함되었는데 생각보다 인상적이었다. 밝고 친절한 사람들 때문이었던 것 같다. 과테말라, 인도의 다람살라와 라다크, 파키스탄의 훈자마을, 그리스의 산토리니, 쿠바와 티베트도 인상적이었다.

　아무튼 나는 남미와 아프리카와 중앙아시아 등을 두루 여행하였고 그 결과물들을 경기일보에 연재하기도 했다. 지나고 보니 엊그제 같기도 하고 먼 옛날 같기도 하다. 한 십 년 후의 나는 어떻게 변했을까. 아니 그때까지 이 지구별에 남아 있기나 할까?

2023. 11. 15.

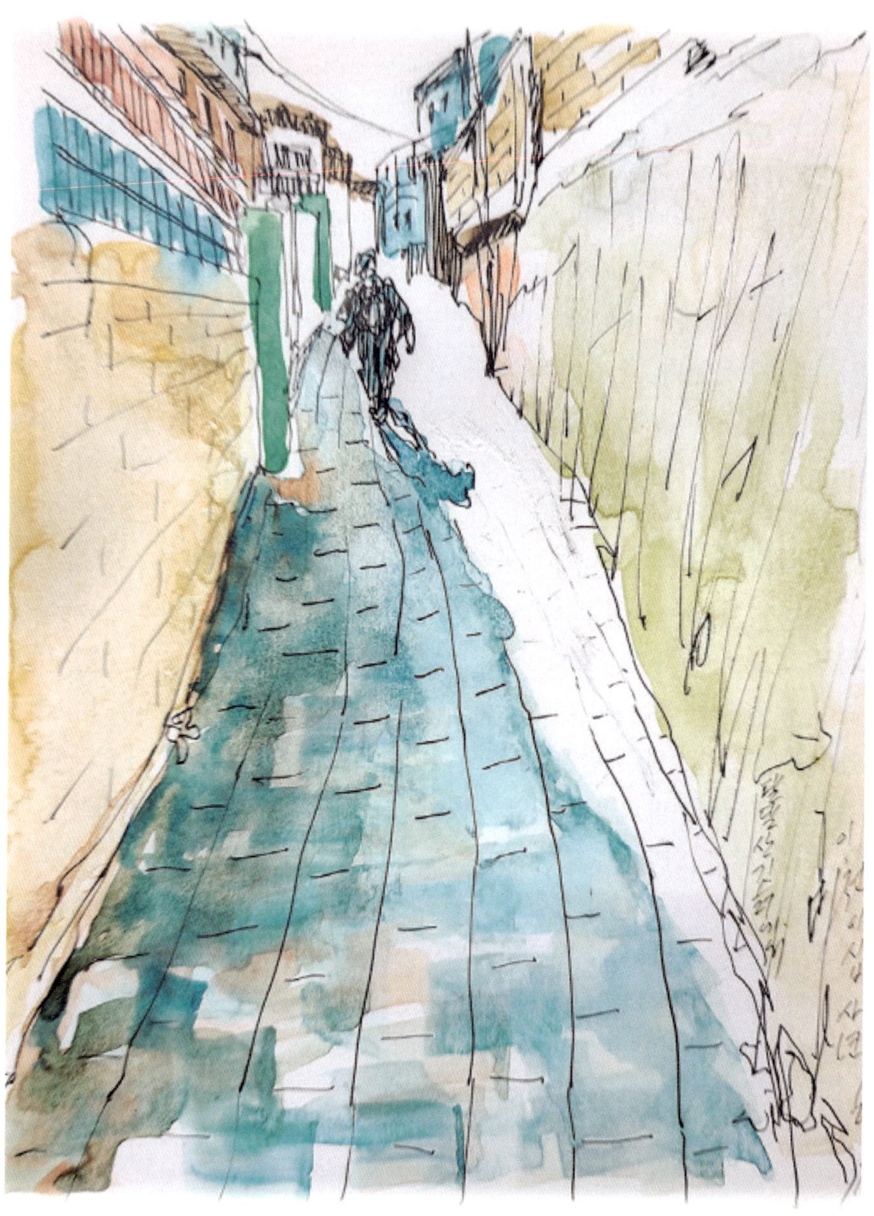

빨랫줄같이에서
이젠이성사연

팔달산 기슭에서

　머칠째 따뜻하더니 계절이 본색을 드러낸다. 추위는 툰드라의 늑대처럼 거칠게 닥쳐올 것이다. 작업실 뒷문은 내년 봄이 올 때까지 밀폐되리라. 벚꽃이 필 즈음 뒷문을 열면 비로소 봄빛을 들여놓을 수 있을 것이다. 겨우내 난로가 피어있고 작업도 움츠릴 수밖에 없다. 전시도 뜸하고 외부와의 소통도 겨울잠을 잘 것이다. 무르익은 늦가을 커피 한잔할 요량으로 전망 좋은 산자락 골목길을 오른다. 그런데 뜻밖의 산뜻한 길이 빛과 그림자 사이로 열렸다. 아스팔트 위의 꽃 같은 골목길은 오르는 정감이 있다. 지나간 청춘은 늘 앞만 보이는 오르막이었지만 이젠 오르막도 내리막같이 좌우가 보인다. 급하게 시간을 당겨 갈 이유가 없다. 오늘 새벽 집을 나올 때 한 미화원이 보도 위의 낙엽을 도로 위로 쓸어내리는 걸 보았다. 어떨 땐 모터가 달린 청소기로 마구 쓸어내고 있었다. 소음이 극심했다. 차들이 달리자, 낙엽들은 바스러져 심한 먼지를 발생했다. 무엇이고 한꺼번에 치워 내려는 관행은 시민의 정서적 권리를 박탈하고 있다. 가로수의 낙엽이 벤치에도 보도에도 시처럼 내려 포근한데, 겨울로 이동할 때까지라도 그냥 두면 딱딱한 보도블록보다 낫지 않을까. 짧은 시집 같은 가을을 지우지 말았으면 좋겠다. 낭만 가득한 길은 도시의 때를 벗을 수 있는 순수한 탄력을 길을 수 있다. 언덕 위의 카페에서 커피 향이 피어오른다. 그곳에서 저무는 가을에 잠시 머물러 보자.

2024. 11. 19.

돌계단이 있는 골목길
— 팔달산 자락에서

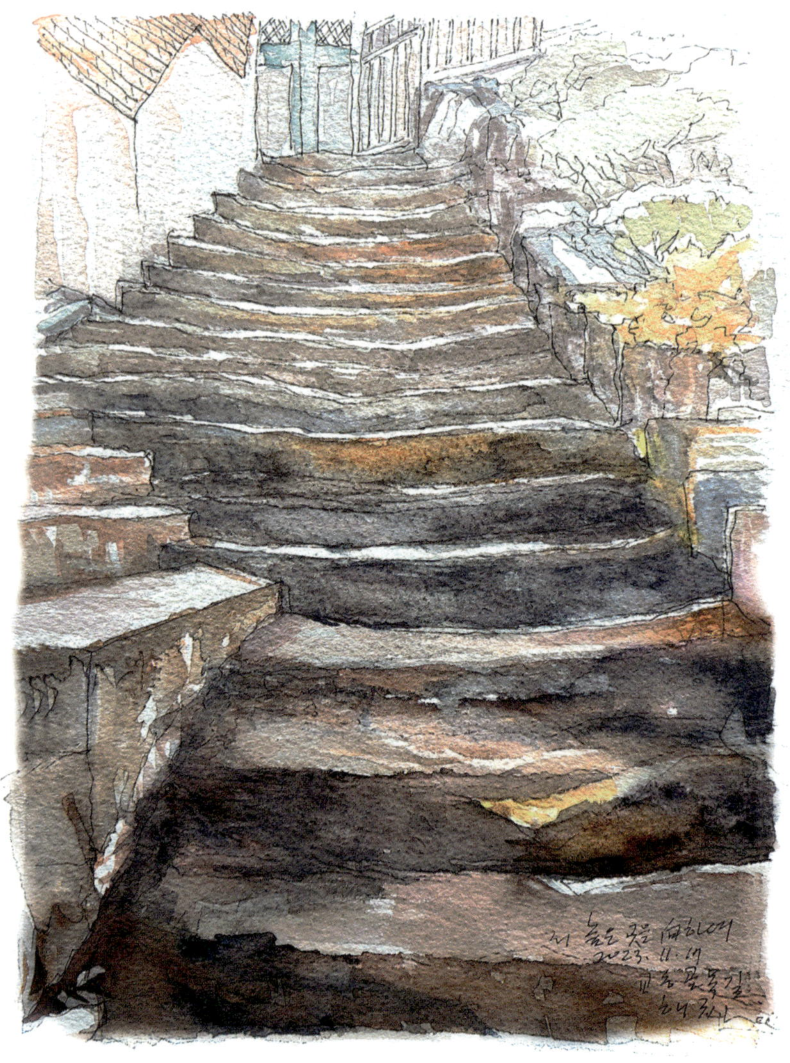

만추다. 남아있는 잎들이 세금 고지서처럼 흩날리는 스산한 날씨에 창밖은 주먹눈이 쏟아진다. 일찍 찾아온 첫눈이다. 그러나 그 어떤 아름다운 서정도 가슴에 도달하지 못하는 시절이 온 것 같다. 지나가는 세월처럼 덤덤하고, 떨어지는 단풍잎처럼 성가시기도 하다. 겨울이 오면 암울했던 청년 시절이 자꾸만 창을 두드린다. 첫 상경에 맞닥뜨린 성북동의 겨울, 양남동 뚝방촌, 문래동과 청파동의 음지도 거쳤다. 전역 후는 오류동 언덕길을 힘겹게 오르내리며 지난한 운명에 도전해 왔다. 꺼질 수 없는 연탄불의 지속성처럼 겨울은 끈질기고 냉혹한 인내였다. 그러나 추억은 고달프지 않다. 도저히 올 것 같지 않던 봄이 찾아오듯 고난은 극복되어 따뜻하게 위로받고 있기 때문이다. 팔달산 기슭의 교동 골목길도 가파른 시간의 무늬가 남아있다. 굴곡진 계단 길이 현재와 과거의 여정 같은 원근감을 준다. 이상의 소실점 너머엔 우리가 바라는 어떤 궁극이 있을까. 오늘을 소박하고 간결하게 살자. 첫눈처럼.

2023. 11. 22.

고색에서

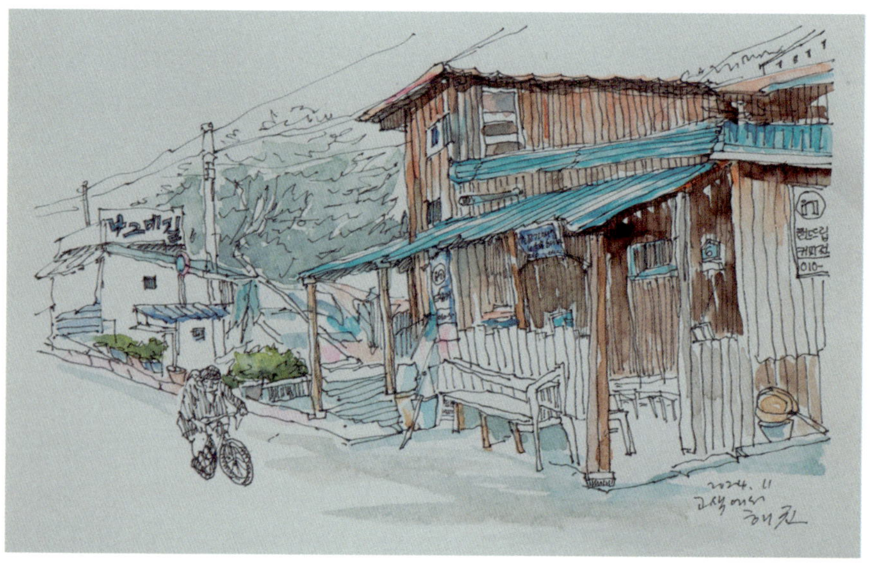

　가을 가는 길은 헤어지는 작별의 길 같다. "아아, 사랑하는 나의 님은 갔습니다. 푸른 산빛을 깨치고 단풍나무 숲을 향하여 난 작은 길을 걸어서 차마 떨치고 갔습니다."라는 「님의 침묵」처럼 말이다. 차마 라는 단어는 품격 있다. 슬픔을 삭이는 절제의 미학을 대체하기 때문이다. 노란 은행잎 쌓인 가로수 길을 걷는다. 새소리가 요란하다. 말 없는 자연과 더불어 살지만, 새의 언어는 소리로 통한다. 사람의 언어도 자연을 담은 의성어가 많고 자연을 본뜬 상형문자가 되기도 했다. 자연은 소리와 표정과 질감이 있다. 고색동 청춘 보리밥집에서 수제비를 먹는다. 배고프던 시절 주식처럼 먹던 것들이 이젠 색다른 미감을 살려준다. 여럿이라 더욱 맛있다. 부근의 한옥 카페에서 그윽한 만추의 커피에 물들 때, 철새의 허리처럼 공허함이 밀려온다. 수인선 모뉴먼트를 찾아보았으나 철길은 다 걷어내었고 남아있는 건 표지석뿐, 옛 협궤 열차의 어떤 흔적은 보이지 않았다. 코스모스 핀 철로 위를, 외발을 교차하며 걷던 추억. 철로 위에 귀를 대고 기차가 들어오는 소리를 듣기도 했다. 열차 안에서 보는 세상은 동화처럼 아름다웠다. 부근 마을을 산책하다가 한 통나무집을 보았다. 아름다운 카페와 '나그네 길'이라는 간판도 낯선 변두리 마을의 서정이 묻어났다. 10여 년쯤 친구와 왔던 수인선 닭발집, 원탁 앞에 앉았다. 소주 한 잔 부어놓고 친구에게 전화를 건다. 신호가 간다. 그의 목소리가 궁금하다.

2024. 11. 26.

매교동 골목길

고통, 덜 차가운 슬픔
원고의 번역을 밤새 따라다니는
합창 같은 자유.
모든 나무의 선 그 흔들림이
아직 그대로 남아있는
이 시월
무사무사無事無事의 이 침묵
아침, 거품 물고 도망하는 옆집 개소리
하늘을 들여다보면
무슨 부호처럼
떠나는 새들

자 떠나자
무서운 복수複數로 떼 지어 말없이
이 지상의 모든 습지
모든 기억이 캄캄한 곳으로
(…)

　황동규의 시 「철새」의 한 대목이다. 고등학교 때 읽은 이 시를 나는 아직도 입속의 알사탕처럼 굴리고 다니며 가을마다 끄집어낸다. 무사히 한해를 접고 침묵의 시간을 조용히 전송하는 계절이다. 예측 없는 캄캄한 의식을 붙잡고 또 다른 봄을 향해 떠나는 철새처럼. 매교동 골목길도 차가운 날씨에 정적이 드리웠다. 전국을 들썩인 살인사건이 났던 골목이다. 요즘 들어 이 길도 오피스텔과 큰 주택이 들어서며 조금씩 밝아졌다. 천지개벽이라고 해야 할까. 부근에 천오백 세대의 아파트가 조성되었고 더 조성될 예정이다. 도시는 진화와 소멸이 공존한다. 새롭게 태어나는 빌딩 속엔 한 시절의 추억이 묻혀있다. 저녁이 내리면 매교 근처 포장마차엔 모락모락 김이 올랐다. 따끈한 우동 한 그릇에 소주 한잔 걸치면 하루가 스르르 풀렸다. 이사 간 진미 통닭집도 그립고 원조 팔미옥도 그립다. 팔미옥 할머니가 숙성한 고기는, 맛은 물론 원탁이 주는 따뜻한 정감이 배어 있었다. 아파트를 지으며 이전한 시골 막걸리도 옛 향기를 이어갈지 모르겠다. 동료 작가들과 기타를 두드리며 목청을 떨던 낭만은 잊을 수 없는 추억이다.

40년 넘게 살아온 이 거리가 나에게 또 어떤 희로애락을 가져다줄지 궁금하다.
자라는 나무처럼.

2023. 11. 29.

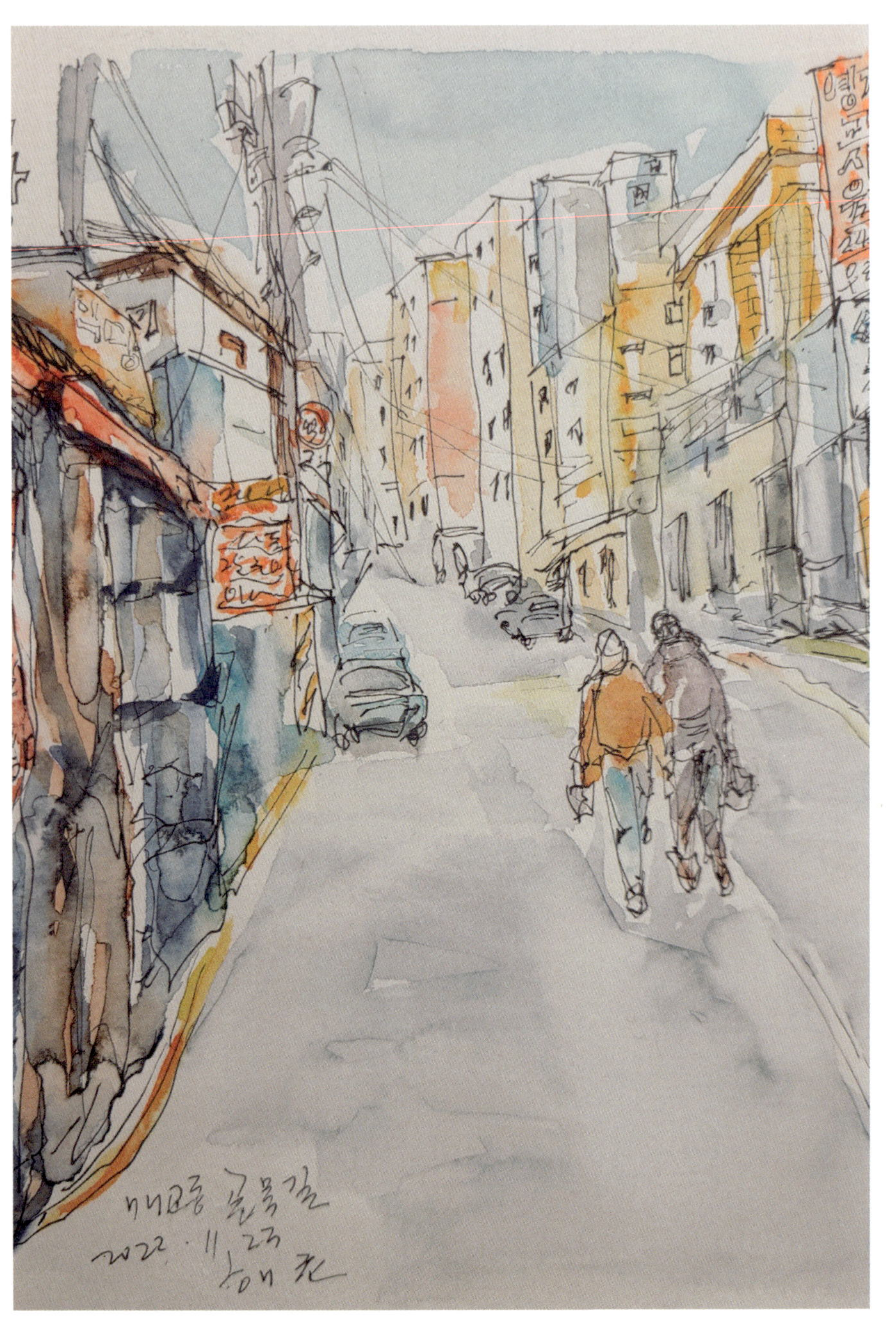

4부 첫 마음, 호주머니 속의 시처럼

팔달산로
— 전망 좋은 카페에서

　팔달산 중턱 길은 느낌 좋은 산책로다. 나에겐 뒷동산 같은 곳이지만 벚꽃 핀 봄날 아쉽지 않으려고 의례처럼 오른 것 외엔 올 기회가 없었다. 카페에서 먼 허공을 본다. 찬바람이 회초리처럼 날카롭게 파열한다. 겨울은 더욱 거칠고 북극곰처럼 외롭게 닥칠 것이다. 바니타스적인 싸늘하고 포악하고 험난하게. 계절풍처럼 인생의 시간은 떠나고 회귀하며 간혹 크레바스 같은 역경의 틈을 이룬다. 겸허한 오늘이 좋다. 내일을 안다면 사람은 무얼 할까. 망각이 그러하듯 미래의 운명을 예견하지 못하는 것은, 신이 주신 또 하나의 축복 같다. 맑은 통유리를 뚫고 빛이 깊이 들었다. 커피 한잔을 마신다. 따뜻한 빛과 따뜻한 커피와 따뜻한 카페의 전형이 좋다. 아래의 풍경은 천지개벽이다. 멀리 노을빛 전망대가 있는 교회는 그대론데 봄에 보지 못했던 아파트와 빌딩들이 비 온 후의 죽순처럼 왕성히 군집해 있다. 그새 복잡하고 낯설게 변했다. 과밀이 죄는 것은 모두가 섬이 되어, 인간이 인간에게 스스로 문을 닫고 고립되어 간다. 나의 화실이 있는 옥탑방도 가려져 보이지 않는다. 진눈깨비가 퍼붓는 환영 속에 남은 달력 한 장이 마지막 잎새처럼 매달렸다. 고결한 겨울연가, 슈베르트의 〈겨울 나그네〉가 눈처럼 흩날린다. 피셔디스카우의 굵고 부드러운 목소리를 싣고.

2023. 12. 1

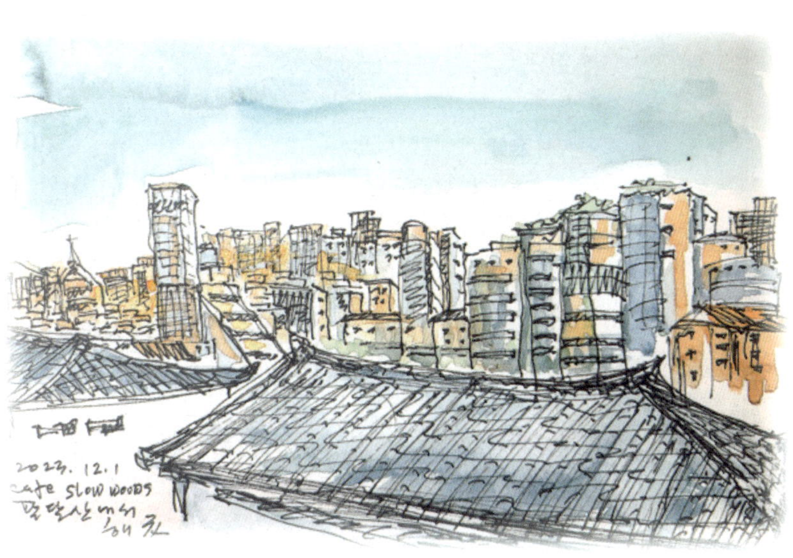
2023. 12. 1
cafe SLOW WOODS
팔달산 에서
해 조

마지막 달력

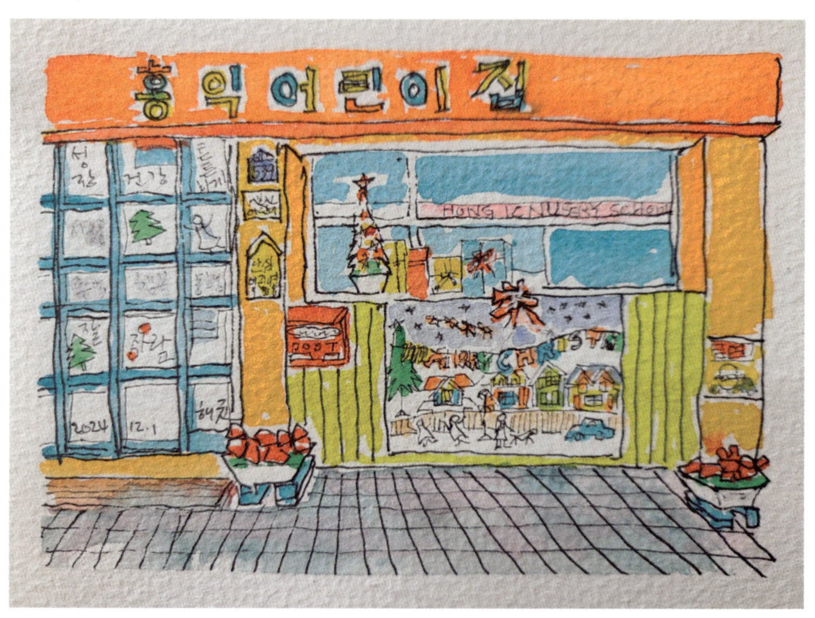

　마지막 달력 한 장이 위태롭게 걸렸다. 마지막은 못다 한 아쉬움에 대한 큰 상실감을 준다. '벌써'라는 시간적 상실감과 결국이라는 수용의 의미가 포함된다. 마지막 잎새, 마지막 열차. 마지막 여행 등 '마지막'은 저마다 아픈 결말의 마침표를 찍고 있다. 세류동 어린이집을 지날 때 쇼윈도의 크리스마스 장식이 한 해가 가고 있음을 알려준다. 비록 예수 탄생의 기쁨을 나누는 행사가 아니더라도 우리에겐 한해를 축복하는 거룩한 의식이 필요한 것이다. 한 해 동안 고마운 분을 떠올리고 한 해 동안 쌓인 죄와 슬픔과 아쉬움을 위한 성찰의 시간일 수도 있다.

　며칠 전 11월에 폭설이 내렸다. 창밖의 눈 소리에 수강생들은 들떴다. 당장 장소를 옮겨 카페 수업으로 분위기를 느끼고 싶은 눈치였다. 눈은 빨간 단풍나무 가지에 수북이 쌓였다. 11월의 첫눈은 참으로 뜻밖이다. 대신 영화 러브스토리의 OST 〈Snow Frolic〉을 켜 놓고 옛 생각을 돌려보았다. 라이언 오닐과 알리 맥그로우가 눈밭에 벌렁 드러누워 있던 장면, 그녀의 백혈병에 눈물을 흘렸던 추억이 지금은 신파극 같지만 내가 순수한 십 대였다는 사실이 그리웠다. 마음마저 메마른 지금은 잃어버린 여행 가방처럼 없어도 그만인데 허탈함이 밀려온다. 문득 이런 시가 떠 오른다.

저 파란 하늘의 파도 소리가 들려오는 언저리에
무언가 소중한 물건을
나는 잊어버리고 온 것 같다. 투명한 과거의 정거장에서
유실물계 앞에 섰더니
나는 도리어 슬퍼지고 말았다.
　　　　　　　　　　　　　　— 다니카와 타로, 「슬픔」

2024. 12. 1.

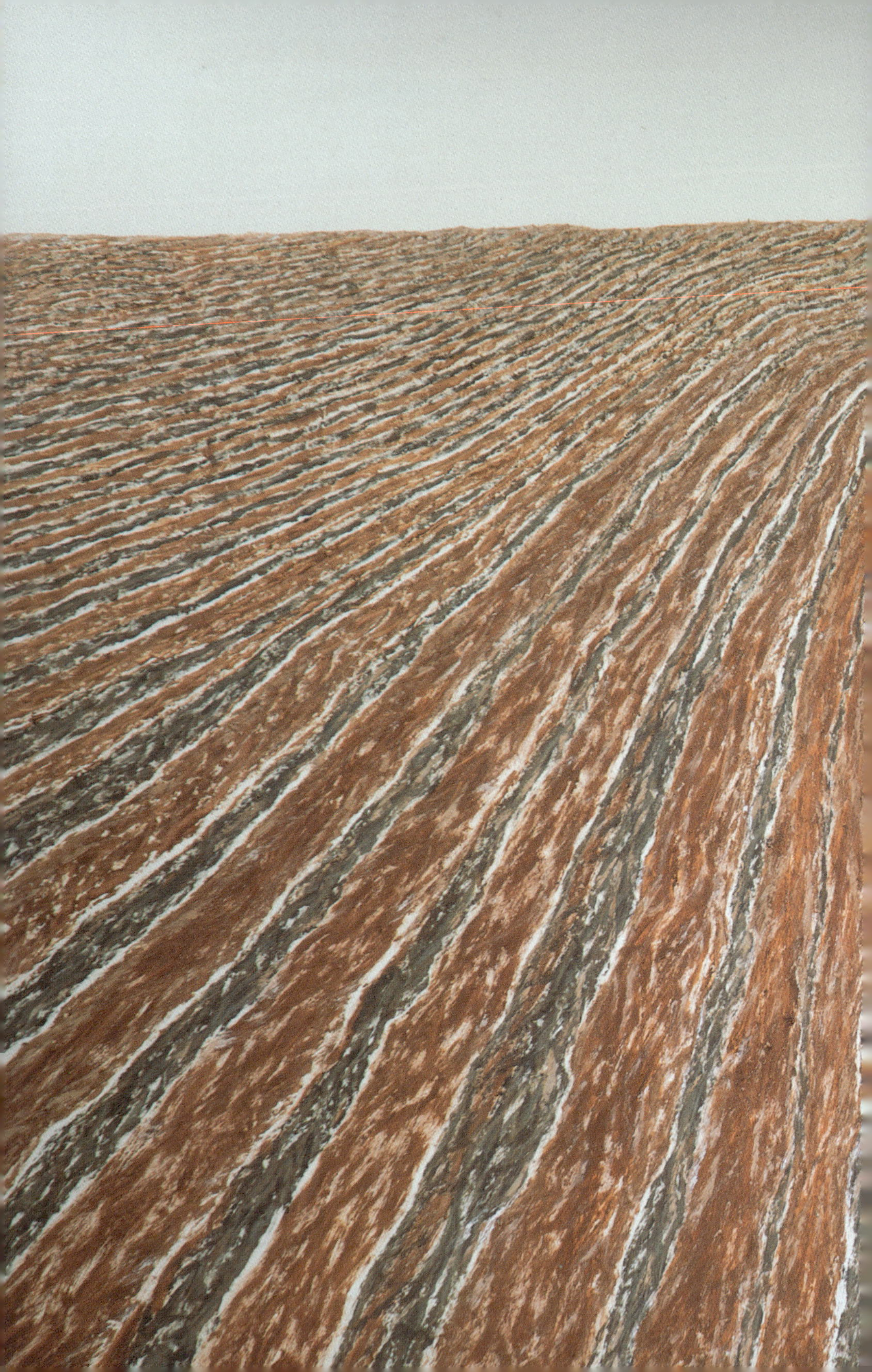

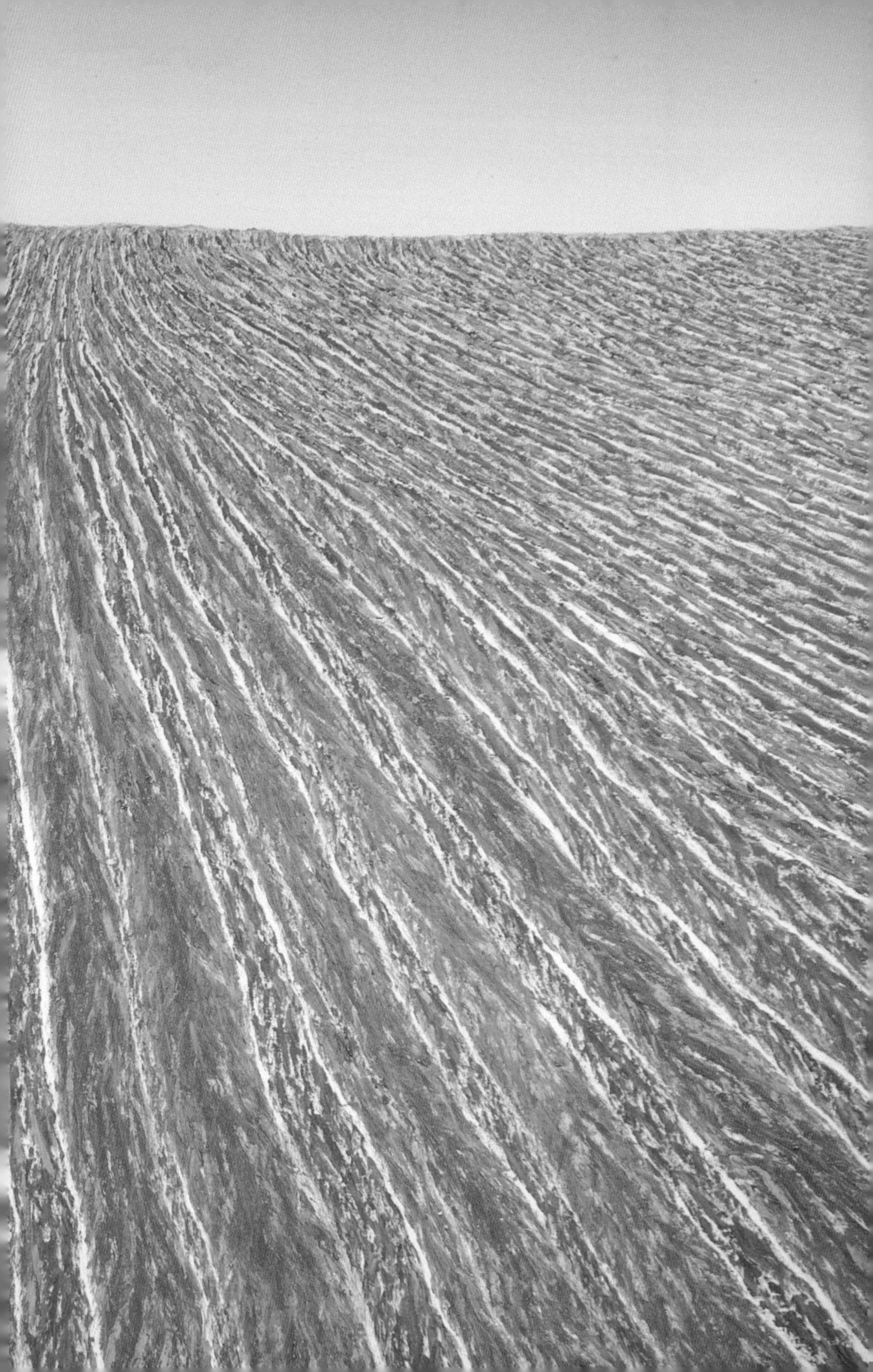

내 마음의 기억창고
— 소래포구

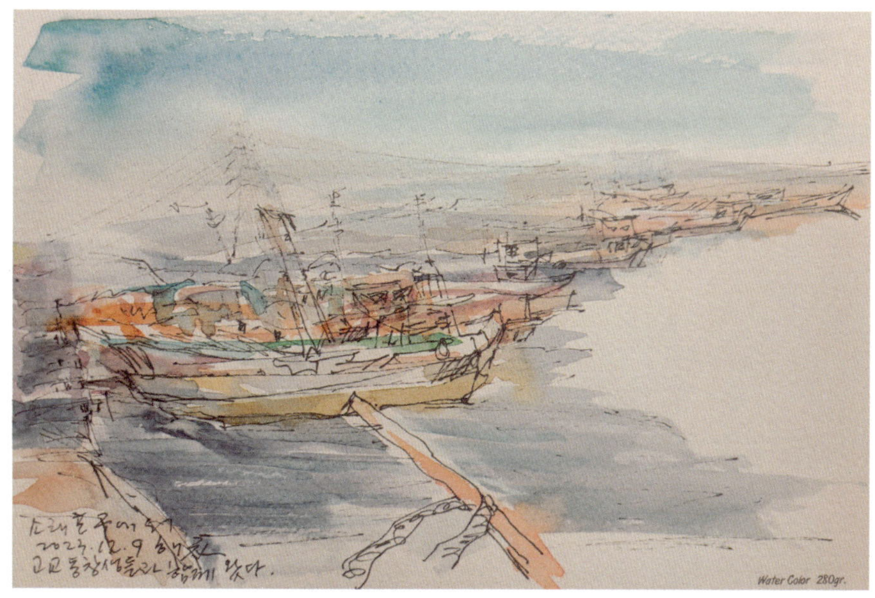

　　호주머니 속의 시처럼

　수인선 협궤열차를 타고 소래포구를 가던 시절이 있었다. 아득하지만 멀지 않은 시절이었다. 모든 것은 시대의 편의에 따라 바뀌고 사라지며 깊은 과거로 묻혀버린다. 속도의 현대사회는 느림의 미학을 수용하기에 한가롭지 않기 때문이다. 나의 기억 창고에 남겨진 이야기들도 조금씩 증발하고 또 다른 추억들로 채워지는 것처럼. 하지만 어떤 새로운 것들도 오래된 가치를 대체할 수 없을 것이다. 그래서 더욱 사라지는 게 아쉽고 그립다. 새우 더미가 쌓였을 김장철이 물러간 시장은 이젠 안쪽에서 더 붐빈다. 집마다 내놓은 노란 튀김이 시각과 후각을 자극한다. 두툼한 방어회가 입안을 가득 채우는 순간, 삶의 결정이 충만하다. 싱싱한 식감이 입맛을 사로잡는다. 이젠 중늙은이가 지난 나의 동창생들과 송년 모임이 열렸다. 초등학교부터 고교 시절까지 함께 건너온 친구가 점점 더 목소리를 높인다. 학창 시절의 이야기와 군대 이야기까지 거품 물고 흥을 풀어낸다. 그 시절로 돌아갈 수 없지만 돌아간 기분이다. 흘러간 세월이 아쉬워, 지난 추억이 그리워 잔을 마주친다. 이젠 현역에서 물러난 친구들이 대부분이지만 일하는 친구가 드물고 건강이 좋지 않은 친구도 있어 안타깝다. 포구를 함께 산책하며 정박한 배들을 아득히 바라본다. 헤어지기가 아쉬워 결국 길거리 포장마차에서 소주 한 잔을 추가했다. 내년 연말에 건강히 다시 볼 수 있기를 진심으로 바란다. 또 보세 친구! 아프지 말고.

2023. 12. 9.

컵 드로잉
— 새해 소망을 그리다

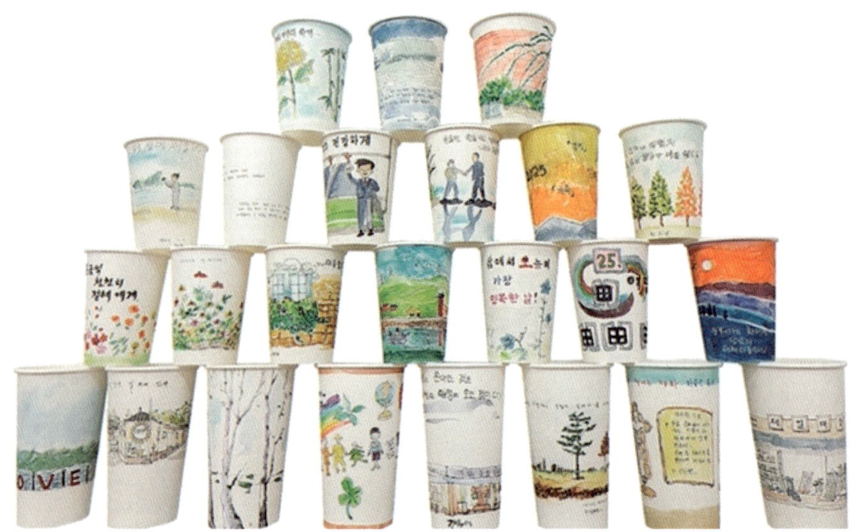

새해를 맞는 화두를 넣은 컵 드로잉을 함께했다. 저마다의 멋진 소망이 무지개처럼 아름답다. 숨 가쁘게 달려온 한 해, 산루리 어반스케치 팀도 다양한 스케치와 전시로 진지하게 바빴다. 인생을 어떻게 건너와서 멋진 감사장도 받았다. 비상한 시국에 미안하지만 느낌 있다. 비록 내 이름이 한자도 없는 감사장을 받아야 옳은지 어색했지만, 아카데미상의 봉준호 감독처럼 기꺼이 즐겁다. 수강생들에게 배움의 즐거움을 선사하고, 시민들의 삶에 새로운 활력을 불어넣어 주고, 지역사회에 기여한 공로 등의 이유가 명시된 내용은 참으로 거룩하다. 세상 모든 일에 감사함을 품고 살아야겠다.

2024. 12. 17.

한 해를 보내며
— 호주머니 속의 시처럼

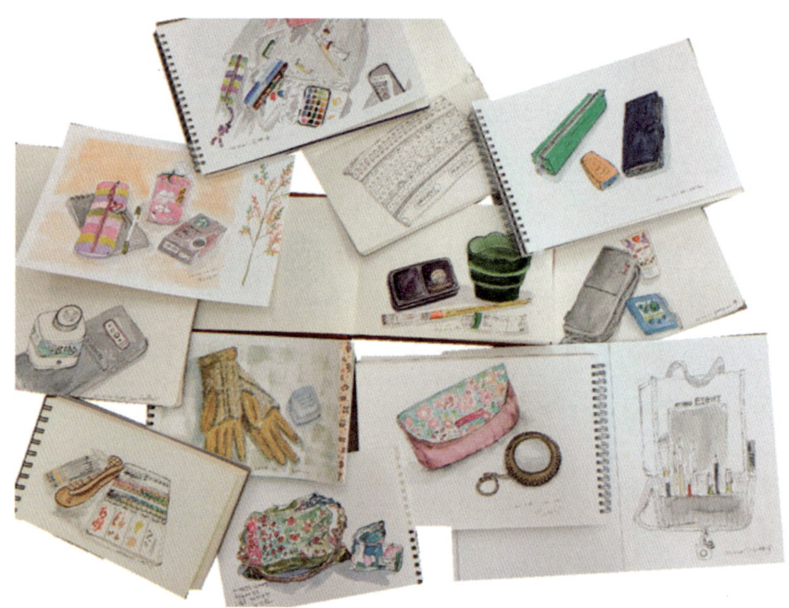

한 해가 진다. 크리스마스와 연말연시는 항상 반복되는 절기 같다. 꽃이 지면 새잎 돋듯 가고 오는 세상사는 끝이 없는 시작 속에 있다. 어반스케치는 도시의 모든 것을 그린다. 도시엔 도시인이 있고 도시인은 도시풍의 소지품을 지니고 있다. 오늘은 자신의 소품 그리기를 해 봤다. 어릴 적 호주머니 속이 생각났다. 나의 소년은 주머니 속에 항상 딱지치기용 딱지가 들어있었고 가끔 알사탕과 새총이 들어 있었다. 학교 앞 구멍가게엔 문구 외에 풍선껌과 고무줄과 알사탕 박하사탕 등이 고작이었다. 수강생들의 소지품은 대부분 장갑과 손거울과 핸드크림과 필통 지갑, 화구 등이다. 직업과 취미와 성별에 따라 소지품도 다르다. 일전엔 크리스마스카드를 그려보았는데 30여 년 전 학창 시절 이후 처음 그려본다며 감회가 새롭다고 했다. 이맘때쯤 방송엔 늘 불우이웃돕기 성금 모으기가 흘러나오고 국군장병 아저씨께 쓴 위문편지와 친구와 지인에게 줄 의례적인 카드가 전부인 시절이 있었다. 세상이 전쟁과 질병으로부터 해방되었으면 좋겠다. 임선기 시인의 「호주머니 속의 시」를 가슴으로 풀어 읽는다.

어느 하루 나는 팔레스타인의 한 시인을 본 적이 있다. 어느 날 그는 강당에서 세계시민을 향해 울고 있었다. 시를 읽으며 울고 있었다.

송년회가 끝나고 눈 오는 밤하늘을 바라보았다. 잠시 갈 곳을 잃었다. 어디로 가야 할까? 어디로 가야만 영원히 기억할 그 어떤 것을 만날 수 있을까.

2023. 12. 27.

첫 마음

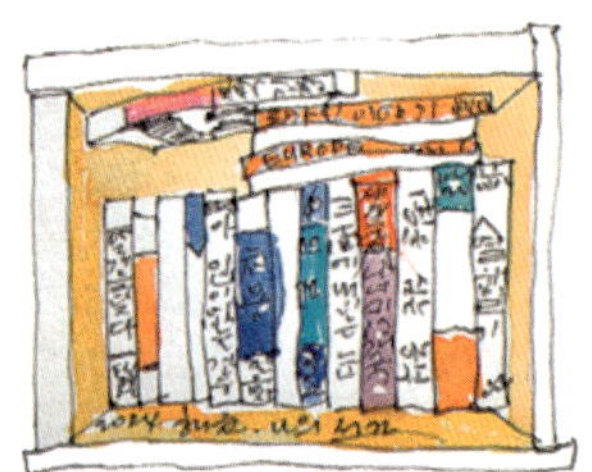

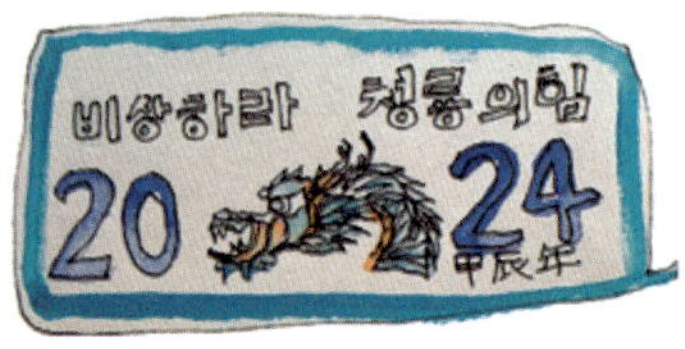

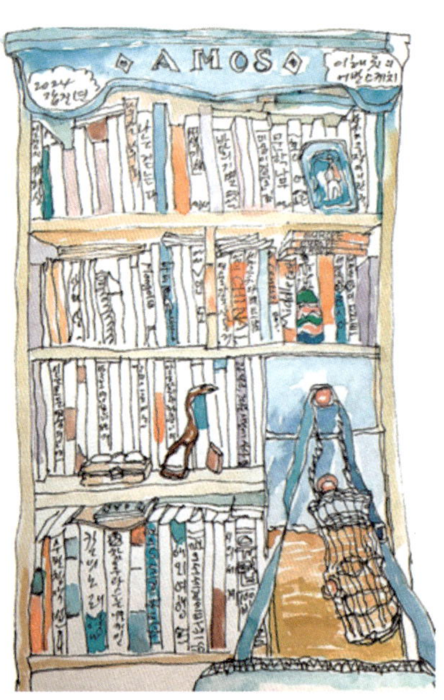

순백의 눈 같은 하얀 도화지 위에 첫 마음을 새긴다. 올해는 더욱 단단한 열정으로 내게 주어진 길을 잘 걸어가겠노라고. 무사 무사히, 건강하고 온유하고 함께 살아가는 이웃들에게 가족에게 한결같이. 첫 마음을 쓰기는 쉬워도 지키기는 어렵다는 걸 안 후로, 간혹 헛발을 뗄 때도, 무례할 때도, 버럭 궤도를 이탈할 때도 있음을 안다. 그때마다 넘어지지 않게 자신을 지탱할 굳은 의지를 가슴 한쪽에 달고 살자. 새날을 다듬기 위해 책가도를 그렸다. 해마다 이맘때쯤 아버지는 가마니를 짜셨다. 추수한 곡식을 담을 가마니였다. 아버지가 가마니를 짜듯 나의 양식이 될 책들을 가지런히 훑어본다. 옛사람들의 책가도도 마음의 양식을 채운다는 의미였으리라. 연말에 영화 한 편을 보는 사치를 누렸다. 몇 년 만인 것 같다. 혼자 망중한을 내어본 것은 처음이었고 자투리 시간을 버리고 싶지 않아서였지만 어찌해 가족 모두 알게 되어 머쓱하다.

내가 본 영화는 〈노량〉이었는데 부제로 붙은 죽음의 바다가 마음을 저리게 했다. 나라에 충성하며 목숨을 바쳤지만, 가족을 지키지 못한 이순신의 어깨 너머에 한 무인의 고독하고 강인한 자신과의 결기가 눈물 끓게 했다. 좋은 노래를 들으면 눈물이 나듯 뭉클하고 가슴 끓는 감동의 한 해가 되었으면 한다. 이미 시작이다.

2024. 1. 3.

첫 마음 소묘

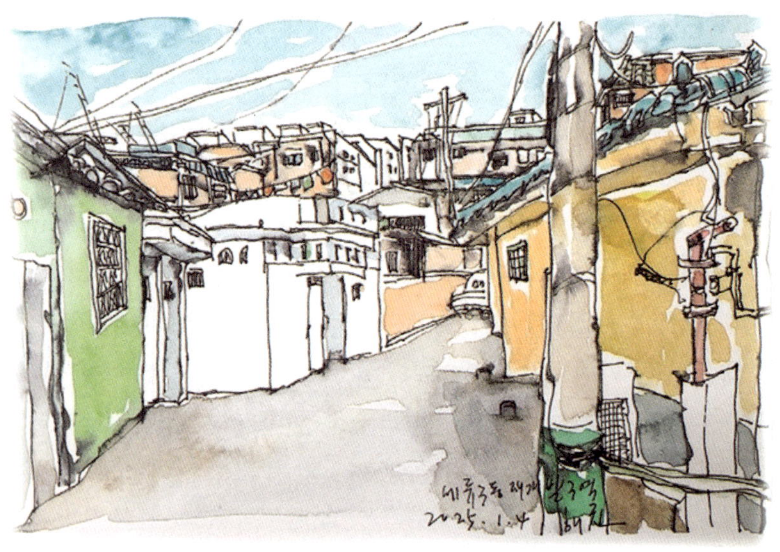

　새해 벽두 서설이 내린다. 한 해가 순백의 도화지 위에 놓였다. 잘 살아야지. 나의 작품계에도 희소식이 있길, 웅크린 벽 너머 순국 선열에게 묵념한다. 구차하지만 애송 시 한 편도 덧붙인다.

　그래도 첫 마음은 잊지 말자고
　또박또박 백지 위에 만년필로 쓰는 밤
　어둡고 흐린 그림자들 추억처럼
　지나가는 창문을 때리며
　퍼붓는 주먹 눈, 눈발 속에

소주병을 든 金宗三이 걸어와
불쑥, 언 손을 내민다
어 추워, 오늘 같은 밤에 무슨
빌어먹을 짓이야, 술 한잔하고
뒷산 지붕도 없는 까치집에
나뭇잎이라도 몇 장 덮어 줘, 그게 시야!

— 전동균, 「주먹 눈」

　개뿔, 그림이 무슨 밥 먹여 주냐며 〈취화선〉의 장승업이 나타나 노숙자의 언 손이나 잡아줘, 그게 그림이야! 라는 식이다. 정초부터 아내에게 호출받고 탁자 앞에 앉았다. 요즘 행태에 심한 훈계를 받았다. 할 말은 많지만, 훈시가 끝날 때까지 고개를 내렸다. 변명하며 대들 용기가 없다. 앞을 내다보고 주의하며 살아야지. 틈 없는 아내의 논리에 반성할 뿐이다. 안타깝지만 호르몬이 변환되는 아내의 생물학적 과도기를 이해해야 한다. 아내가 내린 별다른 권유가 있다. 하루 5분 성경 통독이다. 100세에 얻은 귀한 아들 이삭을 제물로 바치는 아브라함의 창세기 22장도 읽었다. 기베르티와 브루넬레스키가 등장하는 서양미술사의 한 장면이다. 다시, 암울한 시대의 나그네는 삼포 가는 길처럼 흐릿한 눈보라길 걸어 세류3동 재개발 구역을 지난다.

2025. 1. 4.

보정동 카페

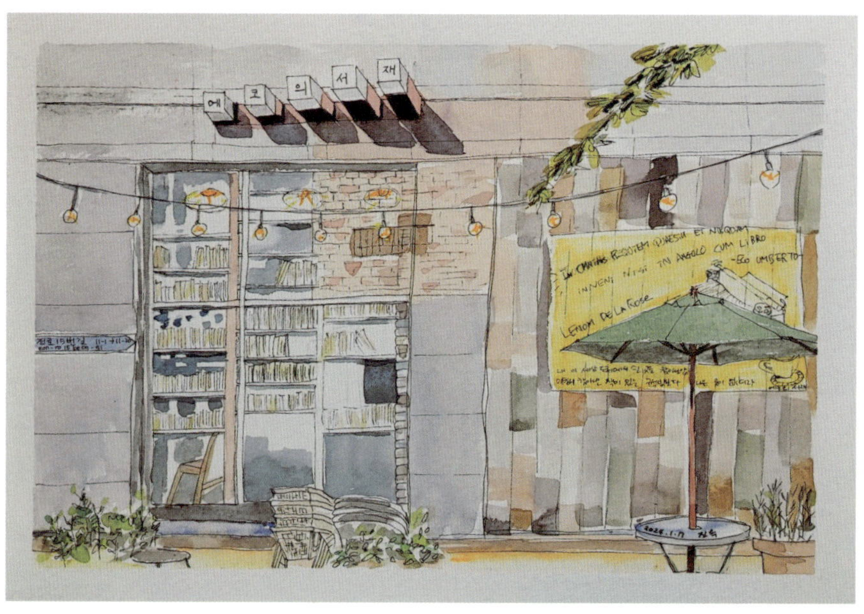

　새해가 오고 새봄이 오기도 전에 문화센터는 새 학기가 시작되었다. 교복을 입고 긴장과 설렘으로 들어서던 학창 시절의 교실이 생각난다. 이젠 대부분 서른도 마흔도 넘긴 중년의 수강생들이 나의 그림 교실에 들어서는 모습을 바라본다. 이번 학기도 반은 떠났고 반은 다시 들어왔다. 사정이 있어 못 나오는 수강생도 아쉽지만 새로 채워지는 신입생이 너무나 궁금하고 반갑다. 사는 동네는 어딘지, 무슨 일을 하고 있는지, 오게 된 동기까지, 본인 소개가 주어졌다. 한 여성이 일어서더니 '저는 이곳에 놀러 왔습니다'라고 의연하게 말했다. 수강의 동기와 목적이 각기 다르게 부풀어 있지만 의외의 왜소한 대답이 마음에 닿았다. 취미 생활에 많은 욕심이 들어가면 오히려 잘 풀리지 않는 것을 보았기 때문이다. 이번 분기도 좋은 수업이 되었으면 좋겠다. 오늘은 야간반 수업이다. 4분기째 수강하는 한진옥 님이 카페 풍경을 그렸다. 느낌 좋은 그림이다. 힘든 직장(교사) 일을 마치고 이곳까지 와서 야학하는 그녀의 성실한 꿈을 응원한다. 멋진 외모 못지않게 그림에도 열정을 가꾸는 모습이 아름답다. 오늘도 3시간, 모두가 마음을 쏟는 집중 또한 경건하다. "죽을 것 같은 세 시간쯤을 잘라낸 시간의 뭉치"라는 이병률 시인의 시 한 대목이 생각난다. 자신이 그리고 있는 것이 그림이 아니라 엄숙한 몰입이라는.

서너 달에 한 번쯤 잠시 거처를 옮겼다가 되돌아오는 습관을 버거워하면 안된다
서너 달에 한 번쯤, 한 세 시간쯤 시간을 내어 버스를 타고 시흥이나 의정부 같은 곳으로 짬뽕 한 그릇 먹으러 가는 시간을 미루면 안된다
죽을 것 같은 세 시간쯤을 잘라낸 시간의 뭉치에다 자신의 끝을 찢어 묶어두려면 한 대접의 붉은 물을 흘려야 하는 운명을 모른 체하면 안된다
— 이병률, 「여전히 남아있는 야생의 습관」 중에서

2024. 1. 7.

마음 여행
― 라트비아 리가

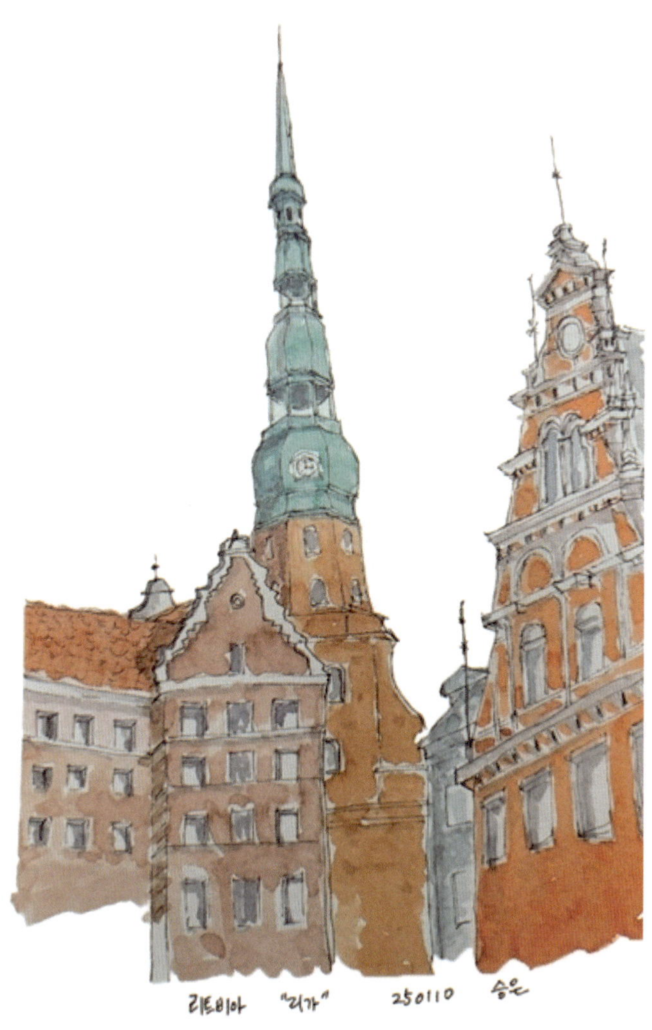

　무인도처럼 고적하고 싸늘한 작업실은 냉혹한 자극이다. 웅크린 채 생각에 잠기다가 먹잇감 본 사마귀처럼 화폭에 덤벼든다. 무모함은 무언가를 찾으려는 조급한 습성 같다. 문만 열면 허전한 도시가 등을 보이지만 건물꼭대기 나의 작업실은 스티브 맥킨이 〈빠삐용〉에서 지낸 독방 같다. 한때 세계를 구름에 달 가듯 드나들며 여행이 인생의 주제였던 때가 있었다. 언제부터 중단된 나의 여행은 교통사고 환자의 후유증처럼 선뜻 일어서지 못하고 있다. 20년 전부터 나는 매년 두 달 세계의 오지를 여행해 왔다. 나이 들어도 갈 수 있을 문명 세계는 남겨두었는데 요즘 욕망이 제대로 작동하지 않는다. 여행의 의미와 인생관이 바뀌어 가는 이유일까. 내 삶의 여백이 점점 협소해져 천국 여행이 더 가까이 오지나 않을지, 돌아올 수 없는 영원의 행장이 아직 꿈이기를 바란다. 동유럽의 고풍스러운 주황색 건물 사이 거리를 걷고 싶다. 라트비아의 수도 리가의 멋진 풍경을 오늘은 수강생 최승은 님이 그렸다. 늘 진지한 태도로 경칩의 개구리처럼 도약하는 님의 그림은 나에게도 즐거운 희망이 된다. 캠퍼스 커플이라는 동갑내기 남편과 특별한 아드님 이창호 군에게도 올해의 여행이 행복했으면 좋겠다. 사는 게 마음 여행 같다. 이런 시가 내게로 왔다.

사람이 여행하는 곳은
사람의 마음뿐이다
아직도 사람이 여행할 수
있는 곳은
사랑하는 사람의 마음의
오지뿐이다. 그러니 사랑하는 이여
떠나라……

― 정호승, 「여행」

2025. 1. 14.

산토리니 가는 길

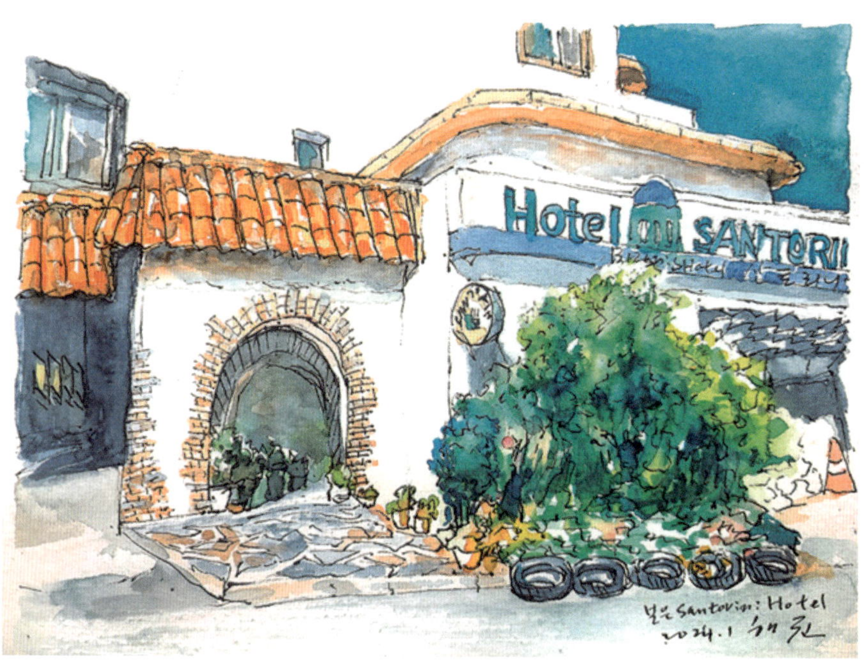

어느 해 가을 고향길에 올랐다. 청주를 거쳐 보은 터미널에 도착했다. 그러나 상주행 버스는 막차뿐이었다. 막차는 두 시간 후에 있었다. 요즘 버스터미널은 대부분 폐쇄됐다. 승객이 없어 한두 명을 싣고 먼 길을 떠나기도 하는데 빈 차로 출발하는 예도 있다고 한다. 지방 인구의 감소와 버스를 이용하는 수요가 낮아진 탓이다. 친구에게 전화했다. 포도 농사를 지으며 이장까지 보는 친구의 구릿빛 목소리는 군더더기 없이 명료했다. "금방 갈게, 기다려!" 친구는 국가보다도 나은 나의 이동권 보장에 지체하지 않았다. 그를 기다리는 동안 터미널 주위를 한 바퀴 돌아보았다. 시장 가판엔 잘 익은 대추가 수북이 쌓여있었고, 터미널 맞은편엔 산토리니 호텔이 있었다. 문득 십오 년 전의 산토리니 여행이 생각났다. 푸른 바다 절벽 위에 하얀 벽과 파란 지붕이 있는 이 야 마을은 동화처럼 아름다웠다. 에게해의 추억 너머로 강릉(안목)항의 기억이 파도처럼 밀려왔다. 그곳에 멋진 산토리니 카페가 그리스풍으로 변장해 있었다. 겨울 바다를 바라보며 좋은 사람과 따뜻한 커피 한잔을 나눴다. 아름다움이 내면의 감성적 형용사라면, 그때의 커피 맛처럼 함께라는 의미를 대체할 고귀한 관계 항을 나는 아직 찾지 못했다. 친구가 왔다. 그리고 그는 내 이상의 고향 산토리니로 향했다. 이런 시가 있다.

"내가 행복했던 곳으로 가 주세요."

— 택시,「박지웅」

2024. 1. 17.

행궁동에서

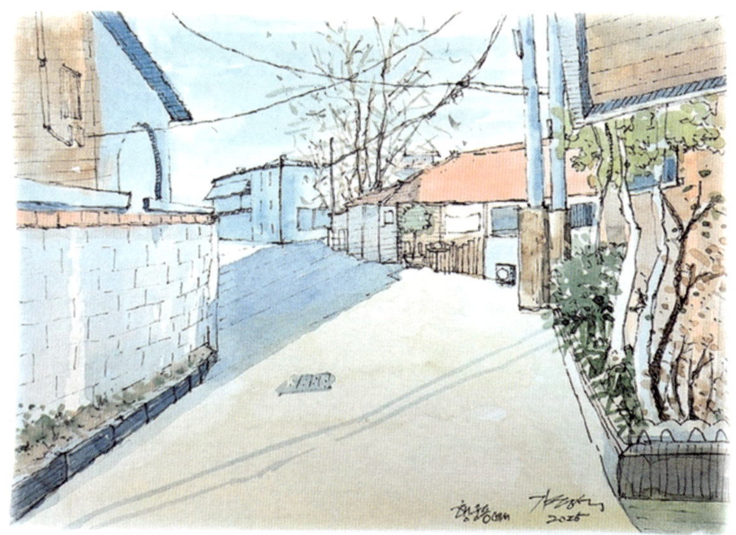

처음 그대를 만날 때처럼, 설렘 속에 건너온 한해가 고삐를 풀고 달린다. 일월도 벌써 어둡다. 설을 앞둔지라 부모님의 부재에 더욱 공허하다. 한해의 전시 계획과 해야 할 일들이 빼곡히 행간을 헤집는다. 나의 어반스케치 교실도 신입생 오리엔테이션을 마치고 분주히 신작로를 달린다. 출발선은 같지만, 관심에 따라 차이를 보일 수 있다. 빨리 혹은 천천히 적응하기도 하지만 한결같이 잘하려는 의지가 엄숙하다. 이를 바라보는 나도 진중해진다. 열중하며 살자. 엉킨 실타래처럼 삶은 운명을 견뎌내는 것, 내 앞에 놓인 것부터 정중히 풀어가야 한다. 미켈란젤로의 등살이 버거웠던 다빈치의 고뇌도 피할 수 없는 운명의 한 부분이었다. 나의 교실에 젊은 중국 여성 한 분이 들어왔다. 한국인 남편을 둔 이린님이다. 한국말과 문화를 잘 터득한분이다 그와 중국말로 소통하는 영천 출신의 남자 한 분이 있다. 현역 시절 삼성의 중국 주재원으로 근무했다는 김동석 님이다. 처음 교실에 왔을 땐, 부처님 제자처럼 과묵했다. 수업이 끝나면 곧바로 사라지고 이웃과 도무지 교섭할 생각이 없는 듯했다. 시간이 흘러 한 분기를 넘겼다. 그런데 이 수줍던(?) 경상도 남자의 태도가 일시에 바뀌었다. 밥도 같이 먹고, 커피도 같이 마시고, 가끔 술 한잔도 나눈다. 여태와 다른 모습을 보니, 사회생활에 결격 사항이 있을 것만 같던 그에 대한 첫인상이 무색해진다. 세월은 인간이 제도권에서 이탈하는 걸 무시로 방관하고 있다. 그림까지 잘 그리니 말이다. 나혜석 생가터와 이상한 변호사 우영우가 깃든 행궁동 골목길, 그가 은근히 담아냈다.

2025. 1. 21.

우리 동네 제과점
― 삼미제빵소

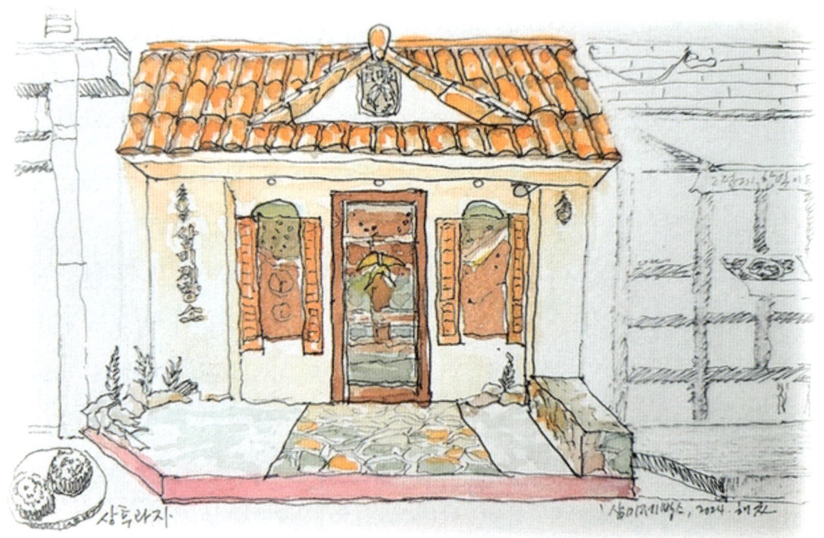

새해 들어 한 달이 지났다. 세월은 달력의 숫자처럼 점점 궁핍하고 지나간 시간은 다시 채울 수 없다. 간소하게 살고 싶다. 수원천을 오랜만에 걸었다. 사색하며 걷는 망중한이 좋다. 사색은 흐르는 물처럼 작위적이지 않을 때 청량하다. 사색은 마음이 작동하는 발견이요 내 안의 여행이다. 다치바나 다카시는 그의 저서 『사색 기행』에서 '여행의 패턴은 여행의 자살이다. 여행의 본질은 발견에 있다. 일상성이라는 패턴을 벗어났을 때 내가 무엇을 발견하는지, 뭔가 새로운 것을 접했을 때 내가 어떻게 변화하는지, 새로운 나를 발견하는 데 있다'라고 했다.

걷고 사색하지 않으면 내 안의 자원을 발견하지 못한다. 내친김에 동네 한 바퀴를 걸었다. 지나가며 늘 보았던 삼미제빵소가 들어왔다. 아담한 서양식 기와지붕과 좌우 대칭을 이루는 건물이 멋져 가끔 수강생들과 어반스케치를 해 보았던 소재이기도 했다. 진열장엔 몇 가지 빵이 놓여있다. 상투 과자와 마늘빵이 이 집의 주요 상품인 것 같다. 부근에 제빵소가 따로 있고 가끔 제빵 교육도 한다고 한다. 마늘빵 한 봉지와 커피 한잔을 테이크아웃해 작업실로 돌아왔다. 난롯가에서 커피를 마신다. 그윽한 커피 향이 수묵처럼 번진다. 나른한 심신에 다시 한 달에 정성을 다하자고 다독인다. 적당한 카페인이 나를 일으킨다. 안개가 걷히듯 선명히.

2024. 1. 31.

낙수 소리
― 선교장 열화당

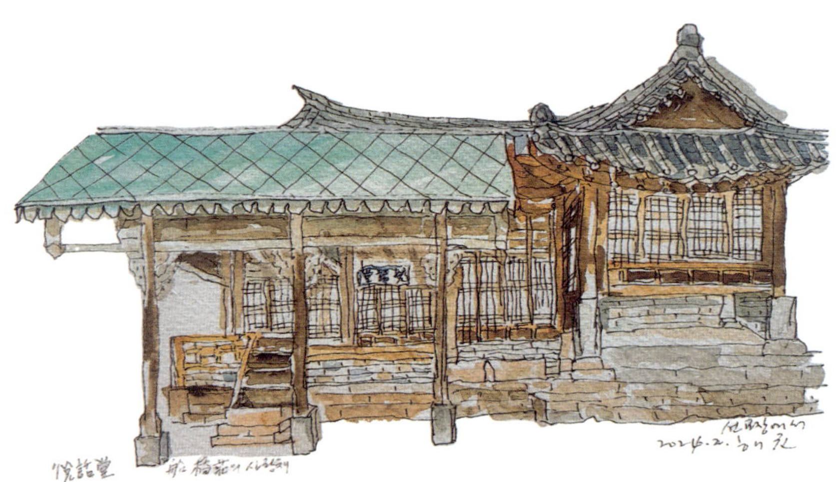

겨울 바다로 갔다. 평창의 후배 전시 관람 때문이지만 나선 김에 동해로 향한 것이다. 혼자 여행은 엄두가 나지 않았는데 웅장한 설산들을 바라보며 후배 작가들과 동행하니 흥이 오른다. 오죽헌에서 초충도를 본 후, 바로크 시대에 등장하는 피렌체 피세뇨 아카데미 최초의 여성화가 젠틸레스키를 생각했다. 그런데 연대를 살펴보니 신사임당이 젠틸레스키 보다 앞선 시대에 활동한 사실에 놀랐다. 선교장 사랑채 열화당은 출판사 열화당의 모태로서 경운궁의 정관헌에서 커피를 마시던 고종의 카페를 연상케 하는 테라스가 있다. 러시아 공사관에서 선물한 것이라고 하는데 녹색 지붕을 서양식 기둥이 받치고 있다. 선교장은 효령대군 11대손 이내번이 지은 99칸 사대부의 살림집으로 300년을 이어 온 한국 최고의 전통가옥이자 유형문화재이다. 우람한 소나무가 도열한 뒷동산과, 입구의 활래정은 크되 넘치지 않는 소박함이 묻어난다. 이내번은 강릉 해변의 소금을 판 돈으로 영동지방을 개간하여 농토를 농민에게 제공한 노블레스 오블리주의 표상이다. 길게 널어선 행랑채 추녀에서 흘러내리는 낙수의 영롱한 파열음을 듣는다. 낙수는 먼 세월을 거슬러 오르기도 하고, 생각과 시간을 멎게도 한다. 고드름 타고 흐르는 밤의 낙수 소리는 행랑채 묵객의 하룻밤 시가가 될까. 거친 겨울 바다를 바라본다. 밀려오는 파도는 쌓인 노폐물을 썰물처럼 밀고 간다. 유리창을 통한 바다를 투명한 소주잔에 담았다. 젊은 날의 꿈은 사라진다 해도 영광의 추억은 아직 자라고 있다.

2024. 2.

팔달문로 삼촌옥 앞에서

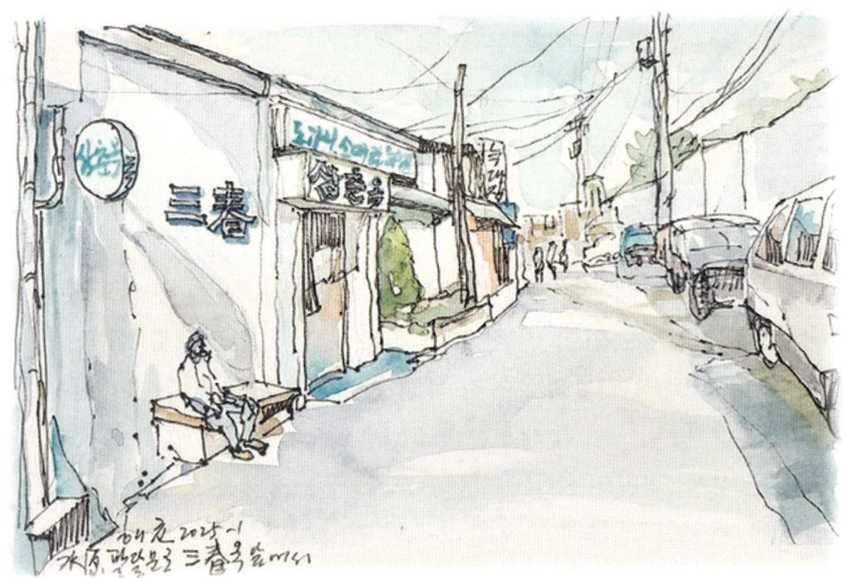

한해를 전송하고 또 한 달이 지났다. 혜초의『왕오천축국전』에 나오는 '다시 한 달을 가면'이라는 문장이 떠오른다. 구도자 혜초의 한 달은 길고도 고달팠겠지만, 현대사회의 복잡성은 시간을 생각할 겨를 없이 장마의 급류처럼 휩쓸려가는 것이다. 설 지나 입춘이 왔건만 마음의 봄은 도달하지 않고 감동 없는 시간은 황소의 하품처럼 목적 없이 흐른다. 2월은 돌개바람 쓸고 가는 고향 집 마당의 가랑잎 구르는 소리 같다. 돌개바람은 뽀얀 먼지를 일으키며 가랑잎을 돌돌 말아 오르거나 양철지붕을 두드리기도 했다. 문틈으로 장 가신 어머니를 기다리던 저녁나절, 이윽고 들려오는 반가운 발소리, 나는 아직 그 사랑의 고귀함을 가슴에 묻고 산다. 미학에 비장미悲壯美가 있다. 극단의 슬픔도 헤쳐 갈 아름다운 결심이라는 것, 무엇보다 애잔한 어머니의 삶과 희생을 2월에 더욱 느낀다. 맹물같이 흐르는 시간에 누룽지 숭늉처럼 따뜻하고 구수한 고향은 스쳐 가기만 해도 그립다. 지동교 건너기 전 옛 가구거리 가는 길로 접어들면 삼춘옥이 있다. 늑대집과 마산아구탕이 있는 이 골목은 지나간 추억 같다. 마침 FM 라디오에서 고향의 노래가 흘러나온다. 수원시립합창단의 노래라서 더욱 좋다. 마지막 소절은 무엇보다 가슴을 자극한다. 달 가고 해 가면 별은 멀어도 산골짝 깊은 골 초가마을에 봄이 오면 가지마다 꽃 잔치 흥겨우리 아 이제는 손 모아 눈을 감으라 고향집 싸리울엔 함박눈이 쌓이네.

2025. 2. 4.

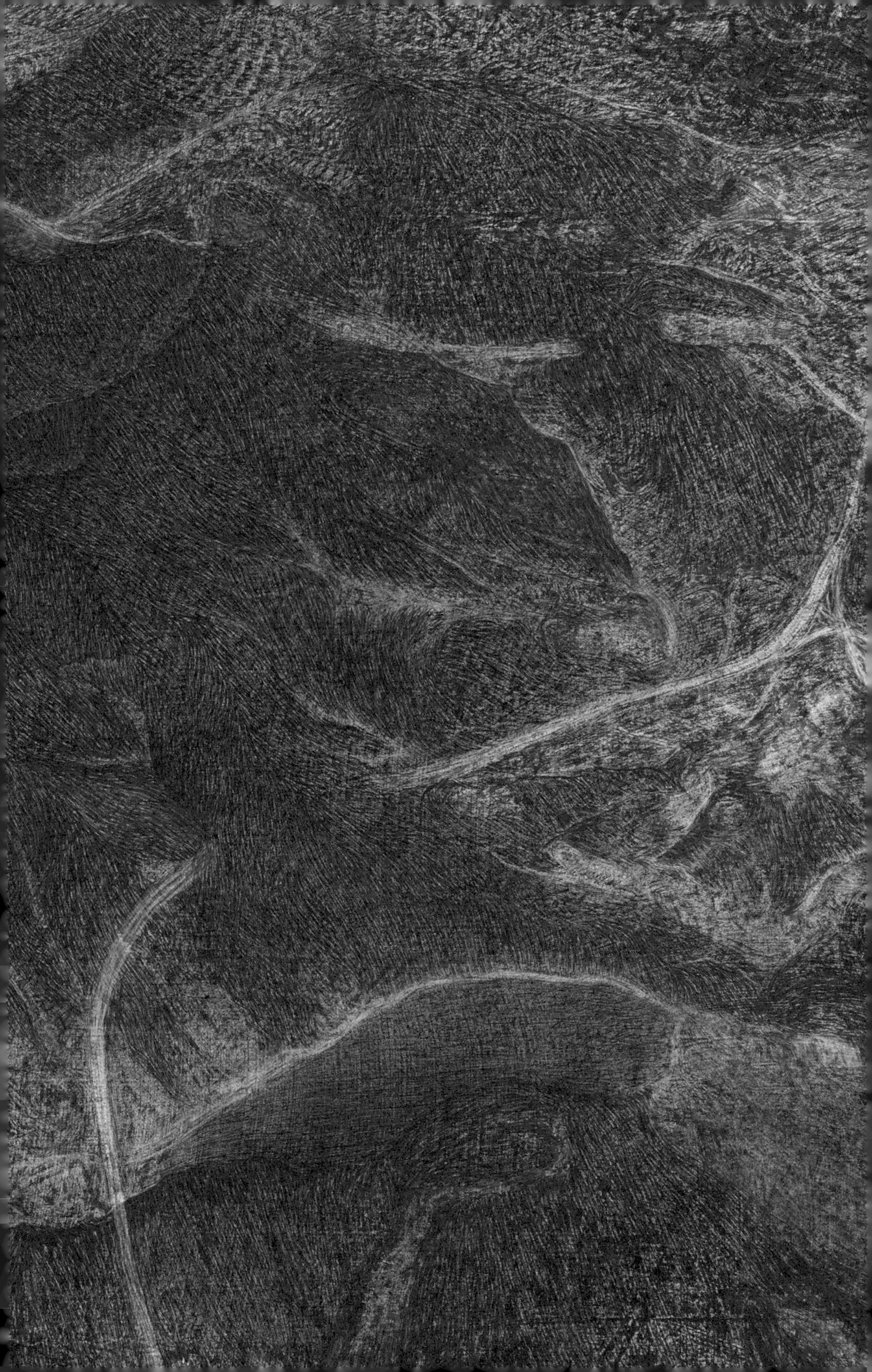

어떤 설날
— 백사마을의 추억

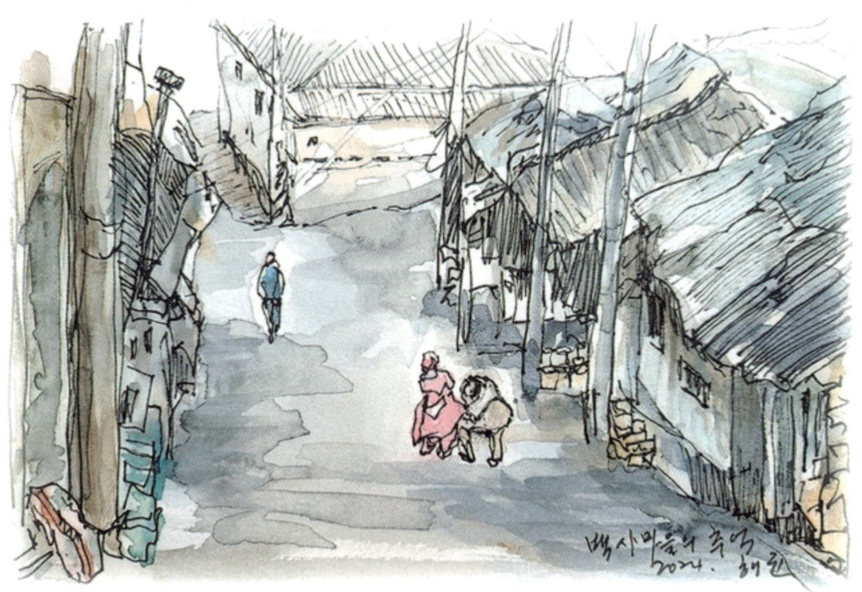

현재란 모든 흐르는 시간 속에 있다. 10여 년 전의 중계동 백사마을이다. 강추위가 온몸을 경직시키던 설날 이곳을 찾았다. 나는 이런 비루한 풍경에서 알 수 없는 동질감을 느낀다. 내가 겪은 지난함이 비장한 역전의 힘이 되었기 때문일까. 심리 연구가 마크 맨슨은 한국을 세계에서 가장 우울한 나라라고 했다. 그러면서 문제를 인정하고 해결책을 찾으려는 것은 세계적으로 드문 회복 탄력성을 지닌 한국의 진짜 슈퍼파워라고 평가했다. 성찰할 만한 진단이다.

우울의 내력처럼 얽혀있는 전깃줄, 전신주 아래엔 연탄재가 쌓여 있고 굴뚝엔 푸르스레한 연탄가스가 유령처럼 피어올랐다. 카메라를 든 손이 금방 얼듯한 회색빛 골목엔 때때옷을 입은 여자아이의 매무새를 가다듬는 할머니가 포착되었다. 세배를 가는 길일까. 서민들이 기대어 사는 공동체는 풋풋한 정서가 있어 정감이 간다. 문득 카메라 너머로 어머니의 모습이 오버랩 되었다. 설날이 오면 설빔을 준비하시고 떡방앗간에서 금방 나온 가래떡을 커다란 양푼에 이고 오시던 풍경이 스쳐간다. 그 시절은 멀고, 오랫동안 건강을 잃으셨던 어머니의 말년을 잘 보살피지 못한 후회만 남았다. 이제 나의 여생도 완성된 게 없고 자신할 수도 없다. 무의미한 형식의 굴레와 향기 없는 삶이 가끔 두렵다. 그래도 희망의 탄력성을 잃지 말자고 스스로에 타이른다. 지미 카터는 말했다. 후회가 꿈을 대신하는 순간 우리는 늙어가는 것이라고.

2025. 5. 30.

종로 연가

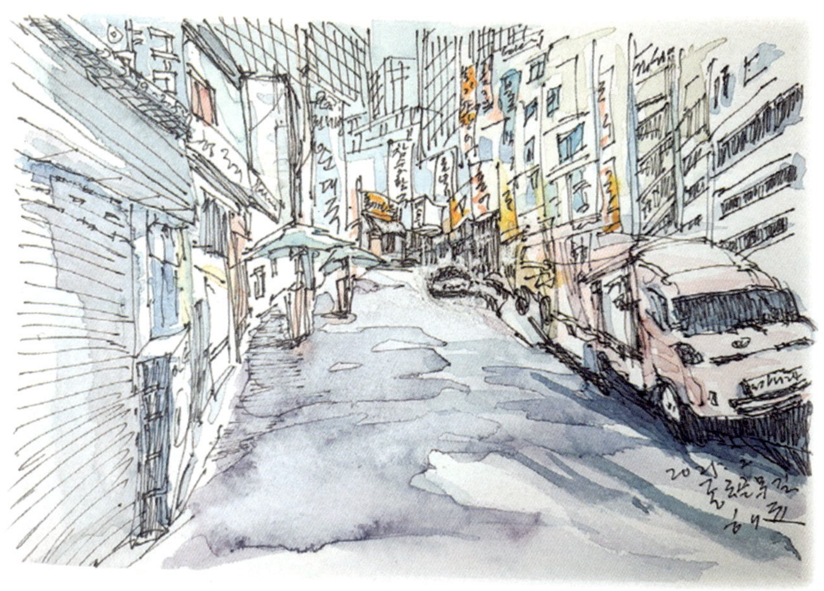

오랜만에 전철 타고 광화문에 간다. 피할 수 없는 현실의 충돌이 나를 내몰았다. 종각에서 내려 광화문을 향하다가 두고 온 그리움 같은 골목길 낮은 가게들 사이에 발걸음을 멈췄다. 건너편 햄버거집 2층에 올라 추억의 삭정이 같은 영혼 마른 허공을 본다. 찬바람 섞인 늦추위가 시리지만 실내는 유리창을 투과한 양광이 깊이 파고든다. 빛이 얼마나 따가운지 견디기 힘들 정도다. 고층 빌딩 아래 주막처럼 내려앉은 식당들은 저마다 땀 밴 사람 냄새를 풍기고 있다. 종로라는 그윽한 지명 안엔 장롱 속의 옷처럼 버리지 못한 추억이 있다. 알량한 청춘의 감성이 쓴 글로 전국에서 수많은 편지를 받던 시절이 있었다. 손 글씨가 주는 채취는 규방의 향기처럼 진했다. 답장을 나누던 마지막 한 분이 군대에 면회와 처음 만났다. 훈련 때문에 대부분 면회가 되지 않았으나 한 차례 만난 적이 있다. 여고를 졸업한 그녀가 이곳 종로의 한 엔지니어링 회사에 취직하여 제대한 나와 찻집에 마주 앉았다. 노란 달걀이 동그랗게 띄워진 쌍화차를 마신 것만 뚜렷이 기억에 남아있다. 그러나 우리의 시공은 관대하지 않았고, 나는 수줍고 용기 없고 맛난 대화도 마련하지 못했다. 서툴고 초라했던 시절, 무모하게 보낸 젊은 날들이 어젯밤 꿈같다. 돌아갈 수 없는 시간만이 산사의 풍경소리처럼 느리게 울려온다. 광화문 앞에서 기도의 깃발을 들었다. 상처뿐인 시절을 어서 건너 찬란한 봄을 기다린다. 영원히 기억할.

2025. 2. 18.

가족 한담
—용주사에서

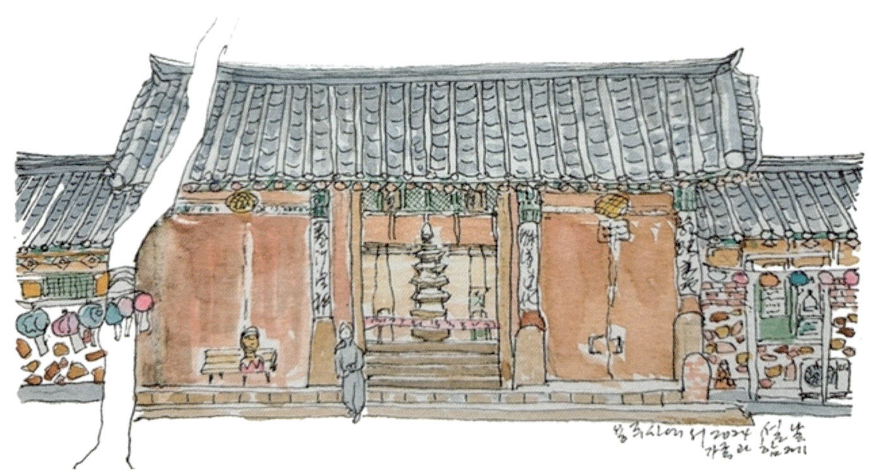

거친 바람이 희뿌연 눈발을 뿌린다. 설 차례를 마치고 가족과 용주사를 찾았다. 산책도 하고 외식도 할 요량이다. 아들 내외가 왔고, 시댁을 다녀온 딸은 사위와 17개월 된 이란성 쌍둥이를 대동했다. 유모차에 아이들을 태우고 함께 경내를 돌아보며 마음결이 평온했다. 가족처럼 위안이 되는 공동체가 또 있을까. 불교에서는 전생의 원수였던 악연이 인연으로 맺어졌다고 했지만 어쩜 원수를 품고 사랑하라는 기독교적 수행의 의미와 상통할 것 같다. 며느리가 추천한 칼국수 집은 명절이라 붐볐다. 그런데 칼국수는 맛을 담기가 불편한 평범 이하였다. 투척 된 해물의 오징어는 무척 질겼고 김치는 매워 먹을 수가 없었다. 순간, 나도 모르게 최악이라고 짜증을 부렸다. 며느리는 당황했고 분위기도 가라앉았다. 부근의 커피숍은 조용하고 넓은 탁자가 있어 아이들과 함께 하기에 좋았다. 신속히 분위기 반전에 노력했다. 아이들도 재롱을 떨며 부응했다. 사진도 함께 찍으며 일순에 즐거워졌다. 가족은 마주 바라보는 것보다 같은 방향을 함께 바라보는 것이라고. 생멸의 순간까지 서로를 지켜줄 일심동체의 존재이므로. 고 최인호 작가가 가족을 주제로 샘터에 35년을 연재할 수 있었던 것도, 사소한 풍파가 잦은 우리 모두의 일상적 희로애락이었기 때문일 것이다. 며느리에게 삼가 고한다.

'네가 권한 칼국수는 이 세상에서 가장 맛있고 독특한 장르였어. (오징어는 또 얼마나 부드럽던지)'

2024. 2. 21.

후소의 방

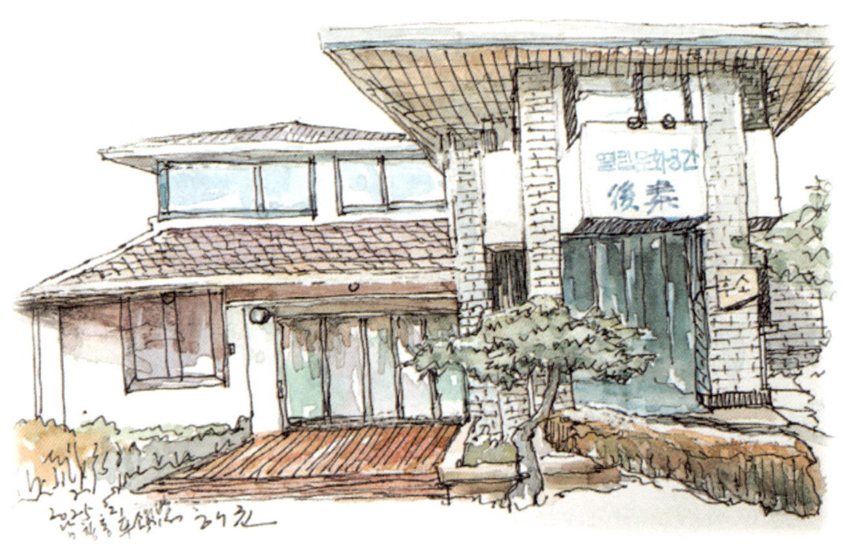

고등동의 은행나무 집 앞에서 레슨 받는 딸을 기다렸다. 정원은 고요하고 피아노 소리만 담을 넘어왔다. 차 안에서 시간을 축내고 있을 즈음 대문 밖으로 중년의 남자가 슬리퍼를 끌고 나왔다. 건너편 구멍가게로 들어가는 모습을 시선이 따라갔다가 다시 나왔다. 까만 비닐봉지를 낀 그의 손엔 막걸리 한 병이 꼭지를 내밀고 있었다. 어느 해 가을, 우리는 그의 내외와 교외의 한 갈빗집에서 식사를 함께했다. 내용 없는 자리여서 불편도 했지만 남자는 고기를 태우면 몸에 좋지 않다고 신경을 곤두세워 고기를 구웠다. 요즘은 어딜 다녀왔냐고 형식적으로 물었다. 나는 의욕 없이 근교에 다녀왔다고 포스터 모더니즘적으로 대답했다.

세월이 흘렀다. 신문에 옛 그림 읽기의 즐거움이 출판사 광고로 자주 올랐고, 책은 베스트셀러가 되었다. 후소 오주석 선생, 바로 그였다. 명태를 부르며 막걸리 한잔 축일 줄 아는 시대를 빛낸 미술사학자다. 그러던 어느 날 갑작스러운 부고 소식을 들었다. 후소 선생이 요절한 것이다.

남창동 99칸 양성관 저택은 민속촌으로 옮겨가고 1977년 예술의 전당을 설계한 김석철 건축가가 이 집을 신축했다. 그의 아내 김은애 선생이 명주실같이 섬세하게 수원시립합창단의 피아노 반주를 하고 있을 무렵이다. 이 공간에 마련된 2층 후소의 방은 그의 서재를 수원시가 고스란히 옮겨 놓았다. 연구와 집필에 몰두한 그의 시선이 머문 자리에 다시 세월이 먼지처럼 쌓여간다. 아는가? 땀과 눈물의 효모 같은 고뇌의 책 냄새를.

2025. 2. 25.

겨울비
―로데오 뒷골목

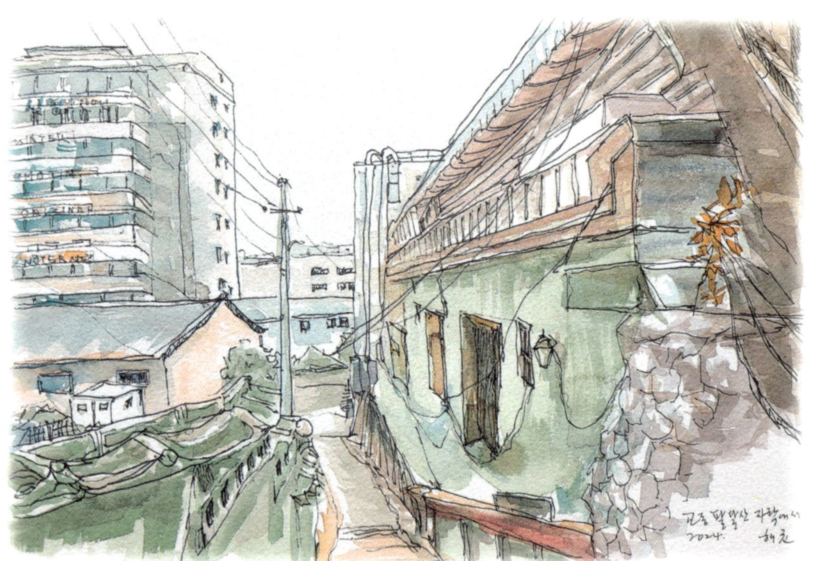

　겨울비도 봄비도 아닌 촉촉한 이슬비를 맞으며 교동의 뒤란길을 걸었다. 사실은 꿀꿀하여 술 한잔하고 오는 길에 잘못 이탈한 길이다. 우연히 큰길에서 조금만 벗어나도 전혀 다른 이색적 풍경을 보게 된다. 한때 젊은이들로 북새통을 이루던 수원 남문과 향교를 잇는 로데오 길이다. 남문 상권이 무너지기 시작하고 젊은이들이 신도시로 떠나 휑한 공간이 되었다. 시간이 남긴 낡은 무늬엔 일전에 본 파묘의 정령들이 생각날 정도다. 요즘 가수 이효리가 모교인 국민대 졸업식에서 "인생은 독고다이다. 누구에게 위안받으려 하지 말고 그냥 쭉 가시라"라는 축사가 임팩트 있게 유통되고 있다. 젊은 시절은 누구나 그렇게 살기를 바랐다. 예술가는 오직 자신만의 예술세계를 위해 벽만 보며 살아간다는 것. 혼자 생각하고 혼자 결정하며 내면세계를 확장해 가는 것이다. 무수한 홀로의 실패기로 프로필을 쓰면서 말이다. 하지만 타인의 것에서 많이 배우고 자극받고 힘이 될 때가 있다. 홀로 살다 홀로 죽는 독거노인들의 고독사가 현대 문명 속에서도 크게 자라고 있다. 나도 아버지의 임종마저 보지 못했다. 공광규 시인의 시「소주병」의 한 대목이 떠 오른다.

　　바람이 세게 불던 밤 나는
　　문밖에서 아버지가 흐느끼는 소리를 들었다.
　　나가보니
　　마루 끝에 쪼그려 앉은
　　빈 소주병이었다.

문득 그립다. 아버지의 소주병.

2024. 2. 28.

The formality of passion, wandering and transcendence

Dong Ho Choi (Poet, Professor emeritus of Korea University)

Translated by Dr. Younggyo Lee

Lee Hae-Kyun's paintings stem from the abstract and dynamic exploration of mountains and trees. His paintings convey a strong message through the waves of abstract shapes rather than the concreteness of details. His artistic passion burns inside and approaches us as abstract waves. When he can't control his passion or reaches the limit due to the burning of all his passion, he follows the wind to move around the world in search of a new world. He looks for something he has not yet drawn with a brush and observes people, mountains, and objects in every corner of the world.

When he calms down his burning passion to some extent and returns to Suwon, his base of life, and draws an urban sketch, his wandering soul also takes a moment of stability and rest. In the urban landscape contained in his urban sketches, we can smell the scent of human life and hear the words of people living in the world. His paintings embrace human breath. It is as if I feel the center of the world when I stand in front of the 'Hanet Well (a well that King Jeongjo drank during the Joseon Dynasty)' on the street of the Haenggung-dong workshop street in Suwon.

However, what is the reason for hearing the primitive voice that is appealing like excitement in the waves he painted? Perhaps the reason is that the aesthetic poetry spirit that erupted from the artist's inner side melts into the canvas and strongly attracts our attention and talks to us. Lee Hae-Kyun's painting achieved its own aesthetics in the Korean flowerbed as a result of his mastery of a world of unique forms centered on his passion for aesthetic exploration.

‖ 발문 ‖

열정과 방랑 그리고 초월의 형상성

최동호(시인, 고려대 명예교수)

이해균의 그림은 산과 나무의 추상적 역동적 탐구에서 비롯한다. 그의 그림은 세부의 구체성보다는 추상적 형체의 파동을 통해 강한 메시지를 전한다. 그의 내면에 불타오르는 예술적 열정은 추상적 파동으로 우리에게 다가온다. 그가 자신의 열정을 주체할 수 없거나 소모되어 한계선에 이르렀을 때 그는 바람을 타고 새로운 세계를 찾아 세상을 떠돈다. 붓끝으로 그려내지 못한 그 무엇을 찾아서 세계 방방곡곡을 누비며 인간과 사물을 두루 관찰한다.

그가 타오르는 자신의 열정을 어느 정도 진정시키고 삶의 터전인 수원으로 돌아와 어반 스케치를 그릴 때 그의 방랑의 혼도 잠시 안정과 휴식을 취한다. 그의 어반 스케치에 담긴 도시 풍경에서는 인간적 향취가 묻어나고 세상을 살아가는 사람들의 말소리도 들린다. 인간적 숨결이 담겨 있다는 것이다. 마치 필자가 공방 거리 '한데 우물' 앞에 서 있을 때 세상의 중심을 느끼는 것처럼 말이다.

그러나 그의 파도 그림에서 신들린 듯 호소하듯 원초적 목소리가 들리는 것은 무엇에서 비롯된 것일까. 아마도 그것은 그의 내면에서 분출하는 탐미적 시혼이 화폭에 녹아들어 우리의 시선을 강하게 끌어당겨 말을 걸어오기 때문일 것이다. 이해균의 그림이 한국화단에서 독자적 미학을 성취한 것은 미적 탐구의 열정을 중심축으로 방랑과 초월이 독특한 형상의 세계를 터득한 결과이다.